侯文詠

Naughty Stories

淘氣故事集

歡樂加倍合訂版序

謝謝你們讓我很有底氣

承蒙大家喜愛，二、三十年來，《淘氣故事集》以及這次新加入的《頑皮故事集》裡的故事，從注音版，繁體字版、簡體字版、二十萬冊紀念版……有各式各樣的再版，我也寫過好幾個不同的序，從一個未婚的青年，變成了一個資深老爸。

或許是因果循環，我的孩子在成長過程中，因調皮、搗蛋惹的麻煩，一點也不輸給書裡面那些故事。我自己惹麻煩當然很開心，換成收拾兒子的麻煩，就不覺得那麼好玩了。

我記得是大兒子剛認識字沒多久之後的有一天，他忽然拿著《淘氣故事集》跑來問我：「這些都是你小時候的事嗎？」

「大部分都是。」我說。

他看著我，用著一種人贓俱獲的表情問：「那你還有什麼好說？」

我抓了抓頭，有點無言以對。

寫了淘氣故事的老爸要「管教」小孩，正當性實在是不太夠的。作為一個老爸，我痛定思痛，決定反其道而行。

小孩不想寫功課。我說我ＯＫ，但後果得自己負責。小孩說，聯絡簿要蓋章，我也說ＯＫ，自己拿去蓋。小孩拿我的印章蓋了一、二天，自己覺得怪怪，又跑來問我：

「萬一老師打電話問你，說小孩沒寫功課你為什麼要蓋章，你怎麼說？」

我說：「我當然老實說。說章是你自己蓋的。」

「啊？」他瞪大眼睛說：「這樣不行啦，我會被老師罵。」

「不想被罵的話，我可以打電話跟老師商量。就說你不想寫功課了。」

他想了想，覺得不妥。「被你這樣一鬧，同學都知道了。我會被嘲笑。」

「被同學嘲笑的事我就愛莫能助了，」我想了想，「不過，你把通訊錄給我，我可以一個一個打電話給家長，拜託他們跟孩子說不要嘲笑你。」

後來，我甚至連在家自主學習的方案都建議了。看我這麼有誠意，他想了幾天，跟我說：「算了，寫功課其實沒有什麼。」

老大的「不想寫功課症候群」暫時不再發作了。不過，歷史是會一再重複的。二、三年後，我接到老二的班導師電話。她很客氣地說讀過我的書，知道我一定有特別的教育理念。我也謝謝老師教導小孩，辛苦付出。一陣寒暄之後，老師終於進入正題，她問：

「我在聯絡欄說小孩不寫功課，不守規矩，可是你們的回應，都是『好』？為什麼會這樣？」

「咦？」我愣了一下，「我看到老師聯絡簿上面寫的都是『好』啊？」

事情終於水落石出，原來是老二模仿老師跟我的筆跡，準備了兩本聯絡簿，一本給家長看，一本給老師看。

兇手俯首之後，媽媽有點擔心小孩將來為非作歹。我倒沒有那麼憂心忡忡。在倫理道德觀、價值觀建立起來之前，小孩用自己的方法探索、認識這個真實世界，其實沒有什麼不好。為非作歹風險大、吃力又不討好，除非真的很不得已，大部分的小孩一路成長，都會給自己找到出路的。

現在我的兩個小孩也長大了——儘管這麼「缺乏管教」，但媽媽擔心的事並沒有發生。跟我一樣，他們也都變成了必須為周遭的人負起責任的大人。

再講一件事。我小時候放學跟弟弟妹妹坐在飯桌寫功課。那時候其實只想玩，邊寫功課、邊彼此丟東西。意氣鬧得兇的時候就用兩手拇指釘著嘴角，張開手掌，彼此吐舌頭做鬼臉。我媽最有創意的處罰就是罰我們做鬼臉三十分鐘。做鬼臉本來很好玩，不過才過了五分鐘之後開始覺得乏味，動作幅度也跟著萎縮了。

「不准停！」媽媽疾言厲色地說。

於是我們只好繼續做那個動作，直到自己都覺得又愚蠢又好笑。

對我來說，頑皮或淘氣有點像是那個活生生的鬼臉——瞬息即逝。

或許正是瞬息即逝，這本原來是寫給小孩看的書，意外地，擁有許多大人讀者，他們讀這些故事笑聲誇張的程度，一點也不輸給小孩，這完全是始料未及的。

由於一開始出版版權的簽訂，《淘氣故事集》與《頑皮故事集》分屬不同出版社出版。我一直期盼有機會讓兩本書的二十四個故事有機會一起結集，這次終於夢想成真了。謝謝皇冠出版社（《淘氣故事集》）的促成，更感謝九歌與健行文化出版社（《頑皮故事集》）的成全。當然，更重要的是感謝所有偏愛、厚愛，或者是不知道為什麼就是亂愛這本書的讀者，不管是大人或小孩。

因為你們，讓我非常有底氣，完全明白淘氣與頑皮意義深遠重大，不應該只有挨罵或受罰的份。

序

我是生出來要玩，不是要吃的……

有人說，偉大的作品多半是深沉而痛苦。如果可以的話，雖然我也不排斥寫出偉大的作品，可是我得承認，《淘氣故事集》完全不是這麼一回事。

我寫作淘氣故事集時的心情是快樂而純粹的。想故事時我覺得很快樂，寫故事時我覺得更快樂。等寫完了故事自己讀，更是哈哈大笑，樂不可支。這樣的作品當然一點偉大的希望都沒有。我的兒子在三歲的時候曾經理直氣壯地說過：

「我是生出來要玩，不是要吃的。」

那時他急著要玩，不肯吃飯。可是我聽到時卻覺得有如當頭棒喝，佩服得簡直是五體投地。《淘氣故事集》在初版十幾年之後又要再版重新發行了，我自己的身分也從兒童變成了大人，又從大人變成了爸爸。儘管如此，自己重看一次還是大笑不已。其中最覺得心有戚戚焉的部分，無非也就是我兒子說出來的道理而已。所以，你看，儘管我們活得再老，再增長智慧，覺得最重要的事情，到頭來原來竟是我們小時候早就明白的道理。

因此，翻開《淘氣故事集》，偉大是不重要的，深沉也不重要，痛苦更不重要。十幾年來，有老的讀者、年輕的讀者、男的讀者、女的讀者，各式各樣的讀者讀了《淘氣故事集》——不管是看到了我的故事，或者是想起了自己的故事——也像我一樣，快樂地哈哈大笑，那是我最在意的事情了。我很高興我寫了淘氣故事集，用自己的快樂童年惹來那麼多的笑聲。活得久了，就愈會發現這些簡單而純粹的快樂其實並不容易，因此我希望它們還能夠持續，並且傳染下去，繼續帶來更多的歡樂。

如此一來，這本一點也不偉大的書的用處，或許就有機會跟其他「偉大」的書拚一拚了。

寫於二〇〇七年《淘氣故事集》【全新版】

CONTENTS

週末狂歡

我們兩個人乖乖地坐在雜貨店裡，
等媽媽三點多回家經過的時候，
妹妹已經眼睛哭得紅紅泡泡的了……

「今天中午媽媽不在家，你下了課就去等妹妹。」媽媽拉著我的手，「這裡有一百元，你帶妹妹去吃自助餐，就在我們樓下那一家，知不知道？」

我很嚴肅又很負責地點了點頭。

現在輪到妹妹了。「媽媽中午不在，妳下了課一定要等哥哥，不管誰跟妳說什麼話都不要相信，一定要等到哥哥，知不知道？」

「知道。」

「還有，一定要聽哥哥的話，媽媽不在，哥哥最大，知不知道？」

「知道。」妹妹又很乖巧地點頭。

「還有，」媽媽意猶未盡，頭又轉向我，「回家的時候走路要遵守交通規則，記得牽著妹妹。知不知道？」

「嗯。」好不容易媽媽有一點滿意的表情出現，她東張西望，忽然又想了起來，「對了，夏天到了，你們別隨便去吃什麼不衛生的東西，知不知道？」

我很正經地點了點頭，好啦好啦好啦，知道啦知道啦知道啦。

「這是鑰匙，」嘩啦嘩啦一串，「千萬要保管好，不要丟掉，曉不曉得？」

哎喲，又不是三歲小孩子。

等媽媽完全滿意了，帶著她的皮包，踩著高跟鞋，碰地關上家門，喀嗒喀嗒走遠了，我和妹妹幾乎要高興得跳起來了。

「UP——！」

「哥，我不要吃自助餐，」妹妹已經按捺不住了，「哥，我要吃麥當勞。」

「媽媽說不能隨便亂吃不衛生的東西。」我裝出一副長輩的風範。

「可是麥當勞很乾淨。」

「那是電視上說的，」我學爸爸的口吻，「電視上說的都不能相信，知道嗎？」

妹妹點點頭。反正大人不管說什麼，只要問知不知道，懂不懂，我們就點點頭。可是過了一會，她又不解地搖搖頭，「為什麼？」她好奇地問。

「哎喲，反正我是大哥大，」我最怕這隻好奇貓問為什麼，「如果今天妳想吃什麼，就要聽我的話，懂不懂？這可是媽媽說的。」

我確信妹妹這次真的聽懂了，她很可愛地點點頭。為了表示她的聽話，還在我的臉上給我一個香吻，她大聲地說：

「哥哥，我愛你。」

通常這是爸爸才有的待遇。我感到很滿意。

「好，那我也愛妳。」

我實在沒有辦法專心上課，我把錢拿在手上，又拿在陽光下照來照去。有錢的感覺真好，可以買很多想要的東西和許多想做的事，我長大了一定要賺很多錢。

第一節下課，好多人到福利社吃泡麵，我忍不住，買了一包。反正才只有十塊錢，應該沒有關係才對。我把泡麵擠碎，乾乾脆脆的，又香又好吃。我實在是忍不住，平時我吃泡麵都是媽媽泡的，媽媽從來不准我們乾吃。

第二節上課的時候我稍微冷靜了一些，有點後悔，不應該把吃午餐的錢拿來吃泡麵的。該怎麼辦才好呢？如果這樣，原來一百元，現在剩下九十元，我和妹妹每人只能吃四十五元的午餐了。

我的後悔只維持到第二節下課時為止，因為我又看到別的同學在吃冰淇淋。我心裡告訴自己，你想，光是泡麵都不能忍耐了，更何況是冰淇淋呢？於是我在充滿罪惡感的心情之下又吃了一個十五塊錢的冰淇淋。

第三節上課的時候我可真的有些擔心了，剩下七十五元連買兩個便當錢都不夠了，不曉得該怎麼辦才好？何況小討厭等一下還要吃麥當勞。

到了第三節下課，我又買了一包蜜餞。我實在無法控制，況且我想，反正錢都不夠了，再多花一點，結果還是一樣的……

等到中午放學，我看到妹妹滿臉興奮的笑容時，我只剩下六十元了。

「哥，我要去吃麥當勞。」

「嗯。」我邊走邊想，忽然靈機一動，「可是媽媽並沒有叫我們去吃麥當勞，可見這是不對的行為，對不對？」

「對。」妹妹點點頭，立刻又搖搖頭，「我是說，我知道這是不對的，可是我還是想吃麥當勞，怎麼辦？」

「我們來打勾勾，這是我們的秘密。」我告訴妹妹。

一聽到秘密，她整個人眼睛都雪亮起來。

「什麼秘密？」她問。

「我們先去吃麥當勞，吃完再去打電動玩具。」

「喔——」她故意把音調提高，「媽媽說不可以打電動玩具。」

「所以我說這是我們的秘密，我們來打勾勾。」

妹妹欣表同意，與我打勾勾，她忽然又問：

「哥，那我們的錢怎麼夠？」

「我們兩人可以合吃一人份啊。」我得意地告訴她。

她笑了笑，對我可有點佩服了。

「哥，我愛你。」又在我的臉頰很認真地啵了一個香吻。

「嗯，我也是。」

我們一共花費了四十元在麥當勞解決了我們兩個人的午餐。妹妹可有笑容了。

「我願做個好小孩，身體清潔多麼爽快，無論走到哪裡，使得人人愛，使得人人愛……」

就在她五音不全的歌聲中，我帶著僅剩的二十元直奔電動玩具店。我一想到忍者龜就忍不住興奮起來，尤其是莊聰明告訴我通過第五關的秘訣之後，我更恨不得馬上試看看，打得那隻怪獸落花流水，我愈想愈得意，不知不覺也哼了起來：「我願做個好小孩……」

一直到電動玩具店，妹妹還哼著這首歌，我則打忍者龜打得快發瘋了。忍者龜是一隻偉大的烏龜，牠除暴安良，不怕困難，每個人都應該效法忍者龜……

「哥。」

「什麼？」店裡面的聲響很大，我根本聽不到她說什麼。

「我也要玩。」

「什麼？」討厭的女生。明明不會玩，還要湊熱鬧。

「我也要玩忍者龜。」

「妳不會玩。」

「我要告訴媽媽，你不讓我玩忍者龜。」

「哎喲，我的天。」讓妳玩，我可以打敗全世界的怪獸，可是我怕妳。

果然不出所料，一下子就死光光了。

「妳看，妳這麼笨，浪費金錢。」

「那我不想玩了，根本不好玩。」她滿臉無趣的表情，接著又說：「哥，那現在我該怎麼辦？」

「妳可以看我打。」

「我才不要看你打，」她左顧右盼，眼睛閃了一下，「我知道了，我要喝可樂。」

天啊，才剩下二十元，花掉了五元，還有十五元。

「哥，只要十元。那是我的錢，我們午餐只吃了四十元。我現在肚子餓……」吧嗒吧嗒，教人不忍心拒絕的表情。

「好吧。」我嘆了一口氣，好在我還剩下五元，趁她喝完一杯可樂，我還可以再打一場忍者龜。

在一片唏哩嘩啦中，我的忍者龜打到第七盤，死了。剛好妹妹也安靜地喝完了她的一大杯可樂。

「今天到此為止。」我帶著妹妹走出電動玩具店，再三警告她，「我們的秘密不可告訴媽媽，知不知道？」

她認真地點點頭。與我再打了一次勾勾。

一個美好的星期六下午。

「我願做個好小孩……」我得意地唱著歌，把書包背得斜斜地，帽子戴得歪歪地，一路走回家。

不知道什麼時候，走在我旁邊的妹妹不見了，等我回過頭去找，發現她從雜貨店笑嘻嘻地探出頭來叫我：

「哥，我又買了一支冰棒，我實在控制不住了。」她說著，在我來不及制止之前，用力地咬了一口，「才十元而已，我知道你還有四十元……」

那一口好像咬到了我一樣，我的臉色一陣青紅，一陣白……

我們兩個人乖乖地坐在雜貨店裡，等媽媽三點多回家經過的時候，妹妹已經眼睛哭得紅紅泡泡的了。她一見到媽媽根本忘了我們的協定，開始大喊：

「都是哥哥，帶我去吃麥當勞，去打電動玩具，還叫我回來不能告訴妳……」

摺鶴記

我不知道為什麼我不能安安靜靜地摺紙，
好像每次我隨便一做什麼，
就有人期待一場驚天動地的笑話好看。

果然不出我所料，當我規規矩矩地摺出一個鶴形的時候，有人按捺不住了，終於跑過來問：

「你在做什麼啊？」

「噓，你不要告訴別人。」我神秘地告訴他。

這是真的。如果你有什麼事想用最快最有效的方法向所有的人傳播的話，只要在下課的時間，輕輕地告訴旁邊的同學：我告訴你一個秘密，你不要告訴別人。說話的聲音愈小愈好。這時候包準所有的人都豎起了耳朵。然後只要輕輕地說話，保證這件事傳播得又遠又久。

我說的沒錯。不久我的周圍圍滿了更多好奇的人，異口同聲地問：

「你在做什麼啊？」

「笨蛋，你沒看到我正在摺紙。」我告訴他。

摺紙這件事本來沒有什麼大不了，可是當你的座位旁邊圍滿了人山人海的人時，那又是另一回事了。我不知道為什麼我不能安安靜靜地摺紙，好像每次我隨便一做什麼，就有人期待一場驚天動地的笑話好看。我的周圍的人圍滿愈來愈多，不時還有一些新的人加入，探頭探腦地問一些老掉牙的問題。

「你在做什麼啊？」

「笨蛋，你沒看到他在摺紙啊？」這時原先的人都不約而同地白他一眼。

「哇！是一隻小鳥。」慢慢我摺出了一隻小鳥的樣子，有人發出驚嘆聲。

我替小鳥摺上了嘴巴，彎上翅膀，一邊拉動它的尾巴，我得意地告訴大家：「你們看，只要拉動尾巴，它的翅膀就會撲撲地飛。」

「真的。」我的同學發出了嘆息，有的人伸手要過來搶那隻小鳥，「你怎麼會摺小鳥的？」

「嘿嘿，從一本書上學會的。」我神秘地表示，「其實摺小鳥很簡單，我還會摺許多別的東西。」

我把小鳥變回原來的基本鶴形，稍微一摺，剪刀一剪，變成了一隻馬。

「哇。」音調逐漸升高的嘆息使我感到十分愉快，我的屁股都快翹到天花板上去了。人愈熱鬧表現愈好，我的動作愈來愈瀟灑，再把馬拉回原來的基本鶴形，隨手一改，剪刀一剪，又變成一隻可愛的袋鼠。哇……

連我自己都開始佩服起自己來了。

「你可不可以教我們摺紙？」莊聰明很興奮的從人群中鑽出一個頭來問我。

「不行。」我驕傲得像隻孔雀，「這是非常困難的，你很可能學不會。」

莊聰明不相信，把袋鼠搶過去。他把整隻袋鼠拆開成一張紙，想沿著原來的摺痕摺回去。他比劃了半天，折騰個半死，不久他的臉就和那張紙一樣皺了。

「這樣子好了，」莊聰明慷慨地從作業簿上撕下兩張紙來，「你幫我摺一隻小鳥，我送你一張紙回報，你說好不好？」

我盤算了一下，一開始我只要摺一隻鶴就好了。然後我有了兩張作業紙，變成摺兩隻。照這樣下去，我永遠沒完沒了。

「我要你這張作業紙做什麼呢？」我問。

「你想，如果每個人都撕作業紙給你，到最後大家都沒有作業紙寫功課，那我們也就不用寫功課了啊！」

經莊聰明這麼一說，我靈機一動，這倒比摺紙有趣得多了。

不久我的座位旁邊就排滿了撕下作業簿等待和我交換摺紙的人。我會摺的花式繁多，包括：獅子、斑馬、長頸鹿、犀牛、鱷魚、河馬、袋鼠、小鳥、青蛙……無一不包。這些本事都是我從一本叫《摺紙大全》的書上學會的，我看圖摺紙共花了一個星期六和一個星期天，才把這些統統學會。

下課的時間很短，我的摺紙根本供不應求，只好先包攬工程約定時間，另行交貨。

經過一天辛苦的工作下來，我仔細清點我的成果，一二三四五六七……一共賺了二十張作業紙。正好是一本作業簿。依照這個速度，一班有四十二個人，我至少必須辛苦工作一個多月，才有可能讓全班因能源缺乏導致罷工，而不寫作業。顯然我的算盤不太合算，我得另外再想想別的法子。

經過一個晚上的思考，我可想出好法子了。我把剩下的紙張摺成各式各樣的動物，隔天一早帶到學校去。我的摺紙手工業面貌一新，變成了賭博業，終於又重新開張了。

「來來來，請來參加我愛動物大抽獎。頭獎可得動物園動物十二隻，貳獎可得兇猛野獸五隻，即使叁獎也有溫馴動物四隻。集我愛動物四個字，還可以換可愛小小小鳥一隻。另還有九千九百九十九個大獎等著你，參加愈多，中獎的機會希望愈高，千萬不要錯過喔！」

每次抽籤的代價是一張作業紙，雖說獎額有那麼多，最高的機率仍然是銘謝惠顧。儘管這個騙局是如此明顯，可是我想不透，為什麼有這麼多人前仆後繼地撕他們的作業簿來抽獎。

我的業績相當可觀，一天不到，我已經賺進將近一百張作業紙。每到下課的時候，我的座位附近熱鬧滾滾，有人尖叫，有人歡呼，真是幾家歡樂幾家愁。老師偶爾走過來了，我們趕緊將撕開的作業簿收到抽屜裡去。

老師不明就裡，看到那些可愛的袋鼠、小鳥，竟會摸摸我的頭，稱讚我：

「做得這麼漂亮，真是一個好孩子。」

老師帶走了兩隻作業簿摺成的袋鼠，擺在他的桌子上，沒有發現任何不對勁。

事情變得愈來愈可笑。先是作業簿變成我們班的流通貨幣，有人掃地不喜歡倒垃圾，請人幫忙。可以，作業簿三張。下課了，要吃冰，請人跑腿。也可以，作業簿兩張。每次老師改作業簿時，那一本一本瘦巴巴的作業簿，好像裝了許多老人的牙齒，稍微翻一翻，就自動脫落了。

隨著老師煩躁不安，我愈來愈得意，我想我的計謀快要得逞了。一個禮拜後的某一天，老師怒氣沖沖地抱著一大疊的作業簿進來。

「王惠賜，王美美……」老師把簿子一本一本丟到地上，「統統給我站出來，排成一排。說，你們說，一本簿子二十幾頁，為什麼你們的簿子十頁都不到？」

「變成袋鼠了。」

有人吞吞吐吐地指著老師桌上的袋鼠。

「變成袋鼠了？」

老師睜大了眼睛好久都沒會過意來，「變成袋鼠了？是誰這麼聰明，想出的好主意？」

這時大家都不講話，但是不約而同地把目光集中在我的身上，我只好不情不願地站了起來。

「又是你，」老師的聲音現在可有點發抖了，他走過來，從我抽屜搜出大約有四、五十張的空白作業紙，「作業簿本來是用來寫作業的，現在被你撕成這樣，今天我非得罰你把這些作業簿都寫滿不可。」

聽到要罰我寫完那一疊作業簿，我的心情可沒有那麼有趣了。我簡直偷雞不著蝕把米，不但如此，老師還數落我，在班上做生意貪小便宜，然後再從貪小便宜數落到整個民族國家，歸結到最後國家的苦難與民族的衰亡都是因為我摺紙害的。

才剛剛上課，老師就一副快要氣炸了的樣子，我實在是有些害怕了，漫長的這一節課不知道該如何熬過去？就在這個最悲傷沉重的時刻，我突然笑了出來。

「還有心情笑？」老師可生氣了。

我實在無法克制。因為我看到遲到的莊聰明與匆匆地衝進教室，毫無發現老師的存在，張牙舞爪地揮動著手上那一疊作業紙，以極大的聲音喊著：

「哈哈！好過癮，我又撕了六十張。」

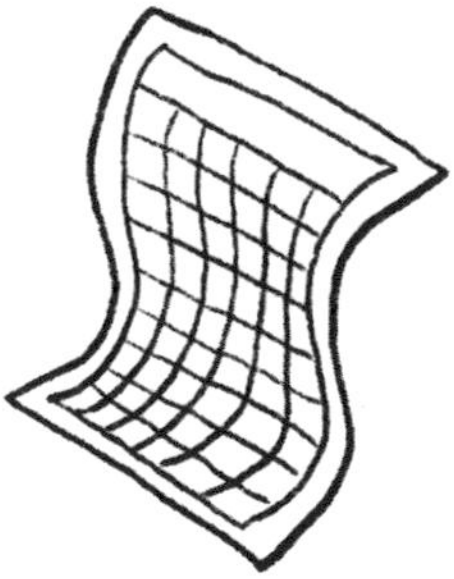

看牙醫

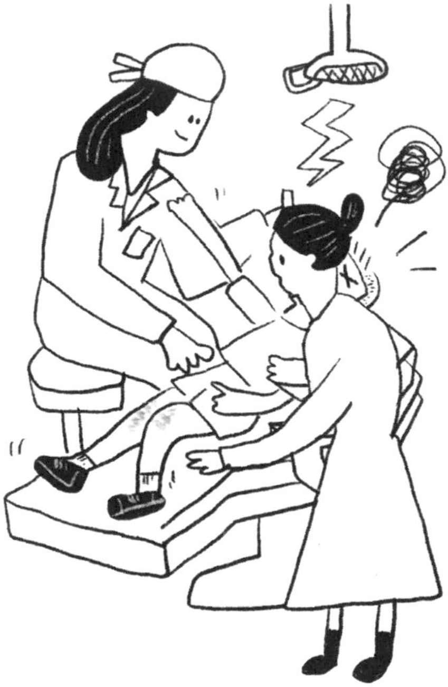

等我發現情況不對勁，轉身要溜，已經來不及了。
阿姨和護士按住我，溫柔地說：
「媽媽說先看哥哥的蛀牙。坐好，不是說不怕的嗎？」

我很喜歡牙醫阿姨，因為每次我到診所去，她總是有說有笑，還請我喝果汁、飲料，看漫畫書，享受最好的待遇。

病人並不是我，是我的妹妹。根據阿姨的說法，妹妹就是因為從小沒有養成良好的刷牙習慣，又貪吃糖果，才會造成滿嘴的蛀牙。

妹妹的蛀牙看起來很可怕，黑黑髒髒蛀得牙齒一個洞、一個洞。每次她大哭起來，那個樣子，簡直是一個老巫婆。

只要一聽說要去看牙醫阿姨，妹妹馬上開始大哭。到了診所哭得更厲害。

有時候牙醫阿姨約我們放學後去看病，爸爸媽媽還沒有下班，就由我負責帶妹妹過去。我們戴著學校的帽子和書包坐在診所的沙發上。每當護士叫妹妹的名字她便開始尖叫，使我覺得不好意思，因為那樣會影響學校的榮譽。有時候她尖叫得太過厲害，連我都不願意承認那是我的妹妹在叫。

牙醫阿姨總是很慈祥，和氣地請妹妹到診療椅上去坐，通常她會問：

「這次月考，成績考得好不好？」

我馬上高興地點頭，大聲地說：「妹妹數學考一百分，我考五十八分。」

阿姨皺皺眉頭，還是滿臉笑意，告訴我：

「下次要好好努力喔，知不知道？」

我伸伸舌頭，愉快地點點頭。阿姨很滿意地微笑，讓護士小姐請我喝果汁。可是妹妹卻縮成一團，坐在椅子上，緊緊地閉著嘴巴，一直搖頭，說不出一句話。這時候我們都知道麻煩來了，因為她不張開嘴巴，誰也沒辦法幫她看牙齒。

阿姨於是輕聲細語地說：

「啊——把嘴巴張開。」

妹妹還是搖頭，愣愣地看她。

我只好開始表演蛀蟲跌倒在地上的動作，並且舉起一隻腳在空中抽筋，我說：「妳看，讓阿姨把蛀蟲殺死，像這樣——」

一看到妹妹有點笑容，張開嘴巴，阿姨和護士馬上輪流扳住她的下巴。

妹妹又叫又鬧，我也幫忙按住兩隻腳，安慰她：「乖乖，不會痛，阿姨馬上就好了。」

椅子上有許多奇怪的設備，阿姨先用噴管在妹妹嘴巴噴許多霧氣，又用鑽子在牙齒鑽呀鑽地。還用夾子夾著棉花，沾各種顏色不同的藥水，在蛀掉的牙齒上擦來擦去。

有時候，妹妹真的很不乖，阿姨便拿起特大號的針筒，威脅她：

「再哭，阿姨要打針，打這麼大的針喔——」

妹妹一看，嚇著了，暫時停止哭聲，可是過了一會兒，又大吵大叫起來。

每次牙齒看完，阿姨筋疲力竭，妹妹也哭得滿臉通紅，眼睛水泡泡了。

阿姨一邊擦汗，一邊告訴妹妹：

「以後別吃那麼多糖果了，知道嗎？」

我在旁邊跟著附和：

「對啊，還要記得早晚刷牙。」

在我看來，妹妹不但貪吃，並且還是一個怕痛的膽小鬼。回家的路上，我幸災樂禍地笑她：

「活該，誰叫妳每次吃糖都不刷牙。」

妹妹一直往前走，一句話都不說。回到家裡，我得意地把妹妹怎麼在診所大吵大鬧，我又怎麼幫忙牙醫阿姨制伏妹妹從頭演練一次。爸爸媽媽稱讚我是一個懂得照顧妹妹的好哥哥。

因此帶妹妹上診所，我都竭盡一切幫阿姨哄妹妹坐到診療椅上去。有一次我甚至還親自坐上椅子，示範給她看：

「就這麼簡單，妳看，哥哥一點也不怕。」

阿姨也附和著說：

「對啊，像哥哥這樣，多麼勇敢啊！」

說完我還特別張大了嘴巴，讓阿姨有模有樣地瞄了一回。等做完這全部動作，我閉上嘴巴，準備跳下椅子，阿姨忽然皺著眉頭按住我，她說：

「你最近會不會覺得吃冷、熱的東西，牙齒會痛？」

我心想是有這種情形，便點點頭。阿姨自顧自起身，去撥電話，聯絡媽媽，並且自言自語地說：

「怎麼連哥哥也有蛀牙？」

等我發現情況不對勁，轉身要溜，已經來不及了。阿姨和護士按住我，溫柔地說：「媽媽說先看哥哥的蛀牙。坐好，不是說不怕的嗎？」

我急得快哭出來，大叫：

「只是示範而已啊——」

那時候阿姨長長的鑷子已經伸進我的嘴巴裡面去了。我大叫：「不要，不要——」

我用力掙扎，到最後來看牙齒的大哥哥都幫忙抓住我的手腳，才能把我固定在椅子上。細細的探針伸到牙齒去時，我更是不顧一切地哭起來。

只見妹妹笑嘻嘻地站在旁邊，拉著我的衣服說：

「哥哥乖，不要怕，不會痛，很快就好——」

那是妹妹看牙醫唯一不哭的一次。從頭到尾她都笑得十分開心。可是我沒有心情管她，因為我早痛得沒有辦法張開嘴巴，哭得沒有心情和她爭吵了。最近我逼自己一定要少吃糖，每天至少刷牙兩次。我已經完全失去哥哥的尊嚴，淪落成和妹妹一樣貪吃、懶惰又愛哭的膽小鬼。

我只要一想到慈祥和藹的牙醫阿姨，就會全身發抖。現在媽媽一提起要不要去看牙醫，我們馬上手牽手緊張地站在一起，異口同聲地回答：「不要——」說完趕忙緊緊地閉上嘴巴，哪怕是天塌下來，都不願意再張開了。

我愛哈利

雖然我不得不承認大毛是隻有魅力的狗。
可是我決心無論如何要把哈利調教得比大毛還要漂亮。

我們第一次見到哈利時，牠少說餓過十天以上了。整條狗瘦得像鬼一樣。妹妹一見到牠，就站住了，拉著我的衣裳，嗲聲嗲氣地說：

「哥，我們抱回家養好不好？牠好可憐啊。」

哈利彷彿聽懂我們的話，一直猛搖尾巴，伸出舌頭呵呵地笑著。

「看牠這麼髒，以後妳要每天幫牠洗澡。」我考慮了半天。

「沒有問題。」

「還要餵牠吃飯。」

「沒有問題——」妹妹睜大眼睛，猛點頭。

「牠身上長皮膚病，」我皺皺眉頭，「恐怕我們一個禮拜不能吃冰淇淋，省零用錢帶牠去看獸醫。」

這點妹妹考慮最久，不吃冰淇淋簡直要她的命。然而她聽見哈利有氣無力汪汪叫了兩聲之後，終於還是忍痛同意了。

我們兄妹當了兩個禮拜的乖寶寶，總算博取了爸、媽對哈利的一點好感。

別以為當乖寶寶是那麼容易的事，光是早上不能賴床這一點就夠頭痛的了。尤其要叫妹妹起床更是傷腦筋——還好現在我已經發現一個妙方，那就是我只要在妹妹耳邊輕輕地汪汪叫兩聲，她就自動起床了。

然後是早上一定要喝完自己的一大杯牛奶。奶油麵包不准有殘屑剩下來。吃完飯還要清洗碗盤，準時上學。更令人難過的是，每天上下學經過冰淇淋攤子，聽到「叭，叭」的聲音，我們要裝作沒有這回事的樣子，勇敢地吞下自己的口水。

一個禮拜之後，我們殺了兩隻豬，掏光了鉛筆盒、口袋裡的鈔票，終於鼓起勇氣，帶哈利到獸醫診所去看醫生。醫生叔叔敲敲打打之後，診斷出一連串的毛病，包括蛀牙、長癬、結膜炎、寄生蟲、營養不良……

我在每包藥上面記下用法。診所裡面還有許多貓哇、狗呀的寵物，都關在籠子裡面。妹妹趴在椅子上看，簡直看呆了。

「這裡許多寵物都好可愛，可惜主人帶來看病以後把牠們遺棄了。你們要是喜歡，可以帶回去，只要付一點點醫藥費，我可以打折的……」醫生叔叔一邊說，一邊把帳單交給我，我一瞄，差點心都涼了。

妹妹又使出那種哀求的神色看我，我就知道她要說什麼，趕緊一手蒙住她的嘴巴，一手掏出口袋裡所有的銅板，丟在桌上。做完這個動作以後，我馬上變換姿勢，一手抱起哈利，一手拉住妹妹，說什麼都要跑得遠遠的了。

往後我們總在放學時在後院替哈利洗澡，洗完還用吹風機吹得蓬蓬的，然後仔細在長癬的地方塗上藥膏。這時候，隔壁的吳美麗，帶著她的大毛出來散步，諷刺十足地說：

「哎呀，我還以為什麼寶貝，原來是一隻癩痢狗。」

說完大毛雄赳赳氣昂昂地吠了兩聲，應和著吳美麗似的。

不可否認，大毛是一條很可愛的狗，可是吳美麗卻是最討厭的女生。偏偏她住在隔壁。每次你考試不及格，她就會有意無意地來家裡問爸爸媽媽有沒有收到成績單，張家長李家短地議論紛紛誰考幾分、幾分。如果她是丁心文、張美美也就算了，偏偏她的成績也好不到哪裡去，可是爸媽總是怒氣沖天地罵我：

「至少人家比你強多了。」

還有她總是炫耀她的書包、鉛筆盒、手錶。有一次我穿了一件路邊攤買的運動衫，她竟然當場笑彎了腰，半天才指著商標說：「你看，這鱷魚頭反了。」然後，神秘兮兮地拉起長褲，指著襪子說：「認明頭朝左邊才是真正的鱷魚牌喲——」

反正，現在我一看到大毛心裡就有氣。雖然我不得不承認大毛是隻有魅力的狗。可是我決心無論如何要把哈利調教得比大毛還要漂亮。

什麼洗髮精、潤髮乳、蜂王蜜都被我們用上了。成天看見媽媽追著妹妹、我和一條狗追討她的清潔保養品。我和妹妹還把自己的牛奶、午餐偷偷地分給哈利吃。慢慢，哈利的皮膚痊癒，長出白毛，遮蓋住了眼睛，變成了一條可愛的迷糊狗。

狗愈來愈胖了，妹妹和我卻瘦得像隻猴子。媽媽雖然嘴巴抱怨，心裡還是很喜歡哈利。每天在廚房煮菜時，哈利跑過去看，媽媽便在哈利身上抹來抹去。我們放學替哈利洗澡，身上都是青菜汁、油漬，哈利變成了媽媽的活動抹布。

哈利還喜歡跳進爸爸的懷裡看電視。爸爸不討厭哈利，可是有時候牠一身毛太熱了，爸爸就說：「哈利的媽，來把哈利抱走。」

媽媽瞪爸爸一眼，老大不高興地說：「你才是哈利的爸爸呢！誰是誰的媽？」

我們一屋子裡笑得歪七扭八，哈利也興致勃勃地汪汪大叫。

終於別苗頭的日子到了。星期天下午，我們幫哈利洗過澡，剪過指甲，穿戴蝴蝶結之後，信心十足地帶哈利到公園散步。

果然吳美麗一見到妹妹和我，酸溜溜地說：「哎喲，癩痢狗長毛了。」

大毛和哈利相互瞪了一眼，頗有相互示威的氣氛。過了不久，兩隻狗相互磨磨蹭蹭，推來擠去。哈利的體型顯然比大毛小了一號，看得我和妹妹有點擔心。

吳美麗又用那種討厭的口吻笑著說：

「小狗嘛，沒什麼好擔心的。」

推來推去，大毛有點毛躁了，汪地叫了一聲，吠得哈利倒退一步。

「汪，汪——」大毛又叫了兩聲。哈利倒退兩大步。

「哈，哈——小狗們真可愛。」吳美麗的聲調比本時還要尖，還要可惡。

本來我們只是想讓兩隻狗別別苗頭，沒想到大毛追著哈利滿公園跑，看著哈利驚惶失措的模樣，我和妹妹真的開始擔心起來。

「我們大毛最乖了，絕不會咬人——」吳美麗若無其事地說著風涼話。

看來情況愈來愈慘，妹妹抓住我的手，愈抓愈緊。

「哈利——」她終於忍不住，大叫一聲。

說來奇怪，哈利一聽叫喚，立刻煞車回頭看著我們。忽然明白自己神聖使命似的，鼓起勇氣，轉身瞪著大毛看，眼睛發出不可逼視的兇光。牠前腳抓抓地面，後腳抓抓地面，發出比平常還要低沉的叫聲：

「汪——」

大毛似乎被這吠聲嚇得怔住了。哈利做出衝刺的姿勢，一個箭步向前衝出，這時大毛大夢初醒，不顧一切轉身就逃。

隨著兩隻狗汪汪的叫囂，吳美麗的臉色一陣紅一陣白。慢慢，情勢明朗化，妹妹和我也有心情說笑話了。

「小狗玩玩，真有趣。」

大毛終於被逼得跳進吳美麗的懷抱裡躲起來。吳美麗整個人怔住了，不知該怎麼辦好，最後竟不顧一切坐在地上哇哇地大哭起來。

我們假裝同情的表情只維持到吳美麗離開為止。當她抱著大毛消失在公園出口時，我和妹妹笑得肚皮發痛，眼淚都掉下來了。哈利也跟著我們，得意洋洋地搖頭晃尾，直到家裡，我們的笑聲沒有停止過。媽媽緊張地詢問發生什麼事，我們都說不出一句話來。

超級棒球賽

我常常做夢，
夢見自己擊出一支漂亮的全壘打，
像大力水手吃了菠菜一樣，
力挽狂瀾，反敗為勝。

在我們那個時代，一個小孩子最偉大的夢想就是當一個編輯以及棒球小國手。編輯偉大的地方在於他可以退回小朋友的稿子，所以我心目中的編輯老爺以及編輯大娘都是崇高至尊的。如果那時有哪位叔叔阿姨自稱是編輯，我當場見了一定行三鞠躬禮。至於棒球小國手，那就更不用說了，像是王貞治、郭源治、許金木、楊清櫳、鄭百勝……那真是無人不知無人不曉。

我的球棒是老爸送給我的。這件事老祖母非常不能諒解。她覺得一個父親再怎麼說，也不應該送給孩子玩樂的工具。老祖母年輕的時候據說是大家閨秀。她心情好的時候會送我墊板、鉛筆、作業簿……她常常告訴我一些偉人的故事，教我背三字經，還買了字帖、毛筆、硯台……要我寫字，做一個有用的人。

顯然我們的志向並不相同。

每天一大清早，拎著球棒，我就出門去了。

「你知道嗎？要打好棒球一定要苦練。」莊聰明告訴我。

「怎麼苦練？」

「你可以去觀察蒼蠅。」

「觀察蒼蠅？」

「對呀，觀察蒼蠅嗡嗡嗡地飛，可以訓練眼力，這樣就不怕快速球。」

有時候，我們實在是半天找不到一隻蒼蠅，只好跑到鐵軌旁等火車，觀察火車上面的阿拉伯數字，以訓練反應能力。

到了中午接近午餐時刻，老祖母找不到小孩了，怒氣沖沖地拿著家法到處找人。通常在學校操場很容易找到我，我一定在那裡練球。老祖母很胖，她全身跳動著脂肪，一跳一跳地跑來，旁人見了遠遠地就對我通風報信：

「你祖母追殺來了。」

我還不甘心，等到她喘呼呼地追得很近了，我才準備開溜。

我先跑一段停下來看她，她也停下來看我。等到真的追殺起來了，我才嘩啦一下子溜回家。

我從後門溜回家，正得意我的策略成功時，冷不防被下班的老爸抓個正著。

「幹什麼？」

「我，我……」

我抬起頭，看到祖母全身冒汗，濕淋淋地跑回來，氣呼呼地大罵：

「跑給我追？存心要把我累死是不是？」

「誰叫你把阿嬤氣成這樣？」老爸接過祖母手上的棍子，不分青紅皂白，先開打再說。

「哎喲！哎喲！我下次不敢了。」我靠著牆角，其實沒怎麼打到，可是一定要叫得很大聲！並且要配合打的動作。

「上次就說下次不敢，上上次也一樣，你哪次不是同樣的台詞？」

「哎喲，這次真的真的不敢了。」果然不久，吳美麗的媽媽、隔壁的阿姨，還有討厭的吳美麗都跑來了。

「小孩子知道錯就好了，這次就原諒他吧。」吳媽媽幫我說項了。

「哎喲，我知道錯了，下次一定不敢了。」有了生力軍，我的聲音更大了。這樣的努力多半需時不久，老祖母馬上看不過去，心軟了，她說：

「好了，好了，這次原諒你，再有下次，一定把你打死。」

一切都很好。除了那個討厭的吳美麗，對我做羞羞臉的動作，讓我覺得很沒有尊嚴。

我的乖巧通常只維持一天，隔天一早，我完全忘了挨打的事，又拎著球棒苦修去了。勇於認錯，絕不改過。

我最大的願望就是能參加比賽。可是我只是一個小小孩，大孩子多半不希望我加入戰局，那會削弱他們的實力。萬一不幸人數不夠，或是被我苦苦哀求，勉強湊數，那他們一定規定我不准揮棒。

站在打擊位子上，不得揮棒，到底能做什麼呢？你猜對了，等四壞球保送。再不然，觸身球保送也可以。總之，我的階段性任務就是如此，一旦我被球打到，人人拍手叫好。

偶然，我心血來潮在二好三壞之後放手一揮，一旦揮棒落空，三振出局結束這局攻擊，包括前面兩個被三振出局的孩子立刻怒目相視，異口同聲地說：

「都是你害的。」

反正我們那個球隊老是輸球，歸結到最後都是我害的。

我常常做夢，夢見自己擊出一支漂亮的全壘打，像大力水手吃了菠菜一樣，力挽狂瀾，反敗為勝。然後我慢慢地跑回本壘，接受所有人的歡呼。

我不斷地努力，相信終有一天，機會會來敲我的大門。

等待呀等待，終於有一次，輪到我上場了。

比數是一比三，敵人暫時領先二分。二好三壞滿球數，兩人出局，一二壘有人，最後一局的比賽。

「要想辦法被球打到，造成滿壘。」這是教練的指示。

「我一定要好好表現一下。」我告訴自己。

可是就在投手準備投球的一剎那，天啊！你猜我看到了什麼？

沒錯，我的祖母，早不來晚不來，這時候持著家法，一喘一喘地跑來了。

「死囝仔，幾點了，還不曉得要回家吃飯。」她的聲音遠遠就聽得到。

投手就要投出，老祖母愈跑愈近，時間不多。

這時候我不管三七二十一，閉上眼睛，用力就是一揮——

哐——

那個球飛得又高又遠，我的媽！是個全壘打。

全隊的人都歡呼了起來。我的老祖母愈跑愈近，她可不管什麼全壘打或是什麼三振出局。

「你再跑，看我今天會不會打死你。」

「跑呀！快跑。」全部的人都已經鼓譟起來。先是二壘的人奔回本壘，接著一壘上的人也奔回本壘。

全壘打呀！我告訴自己，不顧一切拚命往一壘衝。

「看你還跑到哪裡去？」我奔上一壘，祖母也追了上來。

轉個彎，奔上二壘，她扠著手，氣呼呼地站著看我。
等我奔上了三壘，天啊！祖母已經站在本壘板上等我了。
我站在三壘，猶豫不決。
「跑！跑！跑！跑！……」
所有的人馬上激動地大叫，跑！跑！跑！跑！……
「有膽你跑回來啊！」老祖母站在本壘板上揮動她的棒子，彷彿她也正準備擊出一支全壘打。
三比三平手，「快點，再不跑就完蛋了。」希望與榮耀，只差一分就贏了。
「跑！跑！跑！跑！……」
我終於鼓起勇氣，深呼吸，決定硬著頭皮奔回本壘。這時我聽見了震天雷動的歡呼以及掌聲。
就在水泄不通的掌聲之中，英雄被他的祖母抓個正著，邊挨打邊求饒：
「下次我不敢了，救命，下次我真的不敢了！」

第三類接觸

老實說，我看到一個漂亮的女生，
可是她實在不像我的姊姊，
一切都像是一場夢。

「啊，來了——」一聽到電鈴聲，姊姊一聲驚叫，碰碰碰碰衝上樓梯，消失得無影無蹤。

只見家裡每個人都在移動，一陣混亂。我以為發生了地震，連忙要跑，抬頭一看，媽媽緊張地收拾客廳裡雜亂的報紙、椅墊、水果皮。連向來懶惰的妹妹也跟在後面，若有其事地你丟我撿。可憐的爸爸，一張報紙還沒看完就被搶走，乖乖地走回房間換衣服。

五分鐘之後，妹妹走去應門。當姊姊那個戴著深度眼鏡的男朋友走進客廳時，最吸引我注意的是他手上那兩大瓶純正蜂王蜜。那時候，我正欣賞著故事書，爸爸悠閒地喝著茶，屋子裡窗明几淨，整齊有序，呈現出一幅安和樂利的幸福家庭美景。媽媽很賢慧地站在沙發旁。我知道她正不知不覺地盯著那個男生打量，從頭看到腳，從腳看到頭。

「伯母真能幹，屋子整理得這麼別致。」他坐下來，兩瓶蜂王蜜放在桌上最醒目的位置，推推眼鏡，堆在兩頰的笑容都快爬上額頭了。

「其實沒什麼，最重要平時要養成隨手收拾的習慣……」媽媽心花怒放。顯然馬屁拍個正著。

然後姊姊穿著那襲潔白美麗的連身長裙，從樓上翩翩降臨——我張大嘴巴，差點叫出來了。老實說，我看到一個漂亮的女生，可是她實在不像我的姊姊，一切都像是一場夢。媽媽說得好——出淤泥而不染，就是形容從姊姊那間髒亂不堪的房間，竟還能穿著乾淨走出來的人。

「來，請吃水果——」在我還沒清醒過來之前，姊姊已經迅速地從冰箱把預藏的水果端出來。她的聲音溫柔而體貼，笑容嬌柔而嫵媚。我猛捏自己的大腿，到底發生了什麼事？我是不是在作夢？趕快醒來呀。

然後現場一片沉默，只聽到吃水果的聲音。我知道大家都有許多話要說，但是沒有人敢先開口。

「你住在哪裡？家裡有幾個人？」總算媽媽先開口了。

「我家住臺南，家裡有一個姊姊，一個弟弟，還有一個爸爸和一個媽媽。」

一個爸爸和一個媽媽？我忍不住嘴裡的鳳梨汁都快噴出來了。可是不曉得為什麼，沒有人覺得好笑。氣氛像考試一樣緊張。

「爸爸都做什麼工作？」

媽媽開始作身家調查，鉅細靡遺。只見她聽到回答，時而皺皺眉頭，時而會意地點點頭。其中有許多問題實在超乎我的年齡範圍。譬如問人家外祖母喜歡做什麼消遣？做什麼消遣和姊姊有什麼關係呢？

爸爸一直低著頭專心吃水果，像做錯事的小朋友，一句話都不說。等到媽媽已經問得沒什麼問題好問，她用手肘碰碰爸爸：

「你倒是說說話呀——」

這時爸爸才如夢初醒，從他的口袋裡慢條斯理掏出老花眼鏡戴上，作四處觀望狀。我猜他一定正思索著該問些什麼媽媽沒問過，卻又很重要的問題。

這不容易。

廚房裡傳來沙拉油上鍋蹦蹦跳跳的聲音。姊姊早在裡面忙得不可開交了。我看見一陣煙霧從廚房冒出來，漸漸煙霧愈來愈多，姊姊從煙霧裡出來，停了一下，仍保持溫柔、鎮定的口吻問：

「媽媽，麻煩您過來幫忙一下好嗎？」

我看得出來，其實她想說：「媽媽，救命。」

可是她竟然沒有大哭大叫，愛情給她力量。據說中午我們會吃到姊姊的拿手好菜，包括蝦仁爆蛋、清蒸魚、炒青菜、芥藍牛肉、什錦湯。我感覺不到一絲一毫興奮，我們已經被強迫吃三天同樣的菜了。

現在終於爸爸想清楚。他清一清喉嚨，開始發問這歷史性的第一題。

「你會下棋嗎？」

妹妹和我一聽，都忍不住想模仿電視上摔倒的動作。媽媽都已經一腳踩進廚房了，聽到下棋，兩邊都一樣危險，難分難解。

媽媽怔了大約一分鐘，對我無奈地笑笑，聳聳肩，指了爸爸，又指指手錶，一直眨眼睛，要我注意。我也無可奈何，只好聳聳肩，指著手錶，攤開雙手傻笑。

廚房裡鍋爐鼎沸，客廳裡楚河漢界，將士用命。爸爸掏出那包討厭的「萬寶路」香菸，點起火來，一支接著一支。一時之間，客廳裡煙霧瀰漫，與廚房的油煙交雜在一起，分不清楚到底哪裡是哪裡。

一切似乎都進行得相當圓滿，一方面爸爸與姊姊男朋友棋局一盤接著一盤，另一方面廚房的菜也一盤接著一盤端出來。然而，事情的真相並不是這樣。妹妹偷偷跑來告訴我：

「菜炒得黑黑的，都蓋在裡面。」

當爸爸抽完一包「萬寶路」，摸不到香菸，叫我到巷口雜貨店去買時，他已經連輸五盤棋了。

我從雜貨店回到家裡，所看到的畫面是，菜都煮好了，安安靜靜地擺在餐桌上冒煙。而我們全家正圍觀戰局。

「爸吃飽了再下嘛——」

爸爸輸掉第六盤棋，滿頭大汗，掏出手帕擦汗，一邊忿忿地說：

「別急，再一盤，一盤就好，我已經摸清楚他的路數了——」

於是棋盤又擺開了。媽媽氣得不說一句話，扠著手，在客廳裡踱來踱去。過了不久，忽然靈機一動，把姊姊叫到角落，不知咯嘟些什麼。姊姊臨危受命，似乎很為難，但終於還是點點頭，鼓起勇氣，走過去她男朋友身邊，附在耳旁嘀咕嘀咕。

最後一盤棋，爸爸很神奇地展現他的功力。先是將軍抽車，接著又利用雙炮吃掉了對方的二馬、一炮。在強大的火力掩護下，卒子一隻一隻過河。漸漸車馬奔騰，兵臨城下，局勢開始明朗化。隨著姊姊男朋友搔首不安的模樣，爸爸臉上綻出笑容來。

「伯父棋力深厚，今天受教，受教。」姊姊男朋友總算棄局投降。

「我就說我已經看破了他的棋路。」爸爸得意洋洋地看媽媽和我，只笑呵呵地拍那男生的肩膀說：「人生如棋，虛虛實實，年輕人下手還是不能太躁，前面幾盤我就是故意試試你的實力。」

只見姊姊的男朋友一面俯首稱是，一面站起身來向餐桌移動。媽媽向我猛使眼色，在爸爸還沒興起「再來一盤」的念頭之前，趕緊把棋盤、棋子收拾得乾乾淨淨，藏到櫥櫃裡去。

好不容易大家都坐到餐桌前，又恢復了剛剛的沉默。

「別客氣，大家吃吃我的拿手好菜——」姊姊招呼大家吃飯，那聲音聽起來非常心虛。

我當仁不讓，搶先吃下一口蝦仁爆蛋，發現菜已經冷了——不過那不是菜不好吃的主要原因。我吃到沙沙的固體，雜在蛋塊之間，吃起來鹹鹹的，等我發現那是鹽巴時，已經滿口是鹹味了。我慌慌張張地拿起湯匙要舀湯，發現所有人的眼光都集中在我身上。我只好裝出溫文儒雅的喝湯姿勢，慢條斯理地喝下一口湯。

「嗯，味道不錯。」我想起電視廣告運動飲料模特兒的表情。還好，湯忘了加鹽巴，白開水一樣，我們可以自行調整。

「嗯，還滿不錯的。」妹妹重複和我一樣的動作，伸伸舌頭，向所有關注的人表示。說完之後，她神秘地看看我，我們露出會心的微笑。

本來我對自己善意的謊言感到不好意思，我們都聽過華盛頓砍倒櫻桃樹的故事，可是現在面對的是自己的姊姊，實在覺得不好意思。

正覺得坐立不安時，我聽見媽媽誇張的讚美：

「嗯，這滋味恐怕餐廳的師傅都不見得能做出來。」

接下來我聽到的讚美愈來愈離譜，難怪我們小孩子愈來愈不能適應這個社會。

「蝦仁爆蛋爆得香酥，尤其是油的火候恰到好處，這很不容易拿捏，吃起來香脆又酥軟，刺激又溫和，特別是蝦仁，新鮮可口，又有韌性，配合爆蛋的質感，簡直是完美無缺的組合。」姊姊的男朋友眉飛色舞地形容，這時候我忽然從他不怎麼出色的長相與氣質裡，漸漸領悟姊姊會喜歡他的道理。

聽完這些歌頌讚美，姊姊很滿意地拿起筷子，夾起自己的拿手好菜在嘴巴裡咀嚼。她對我們笑了笑，低下頭，沒有說什麼。

接著我們都很努力地吃自己面前責任區域裡面的菜。炒青菜、清蒸魚、芥藍牛肉，一盤一盤有驚無險地過關。什麼黑黑的、焦焦的、生生腥腥的，我們都看不到、聽不到、摸不到、感覺不到。

整個大會圓滿成功地閉幕是可以想像的。尤其我們飯後都喝了姊姊男朋友帶來的蜂王蜜，冰冰涼涼、甜甜蜜蜜，充滿了美好的滋味，自然心裡充滿了感激。

差不多姊姊男朋友離開後不到兩個小時，這個家庭又恢復原狀。我們又看到了杯杯盤盤在桌上狼藉一片，還有果皮、報紙歪歪斜斜躺在沙發、地板。爸爸穿著不太雅觀的內衣、睡褲，蹺著二郎腿，看他的報紙。剛剛那個美麗的公主、仙女，似乎隨著王子離開了，我們又看到一個兇巴巴，有點邋遢的灰姑娘——一切都那麼熟悉、親切，像自己的家。

大家從各種不同角度來探討姊姊的男朋友。似乎那瓶蜂王蜜在我們體內都發生了某種作用，再嚴厲的批評，聽起來都帶那麼一點甜味。

只有爸爸有一點小小的不同意見：

「看他下棋，不怎麼高明，會不會遺傳不太好？」

這句話出來，立刻語驚四座，全家一片沉默，無言相對。爸爸起先不怎麼在意，慢慢地似乎察覺出來情勢不太對勁。

「怎麼啦？」爸爸問。

「你沒看見吃飯前我和素惠咬耳朵？」媽媽說。

「對了，說到這裡我才想到，」爸爸放下報紙，收起他的老花眼鏡，「吃飯前我就看你們交頭接耳，一直在嘀咕嘀咕，到底在嘀咕些什麼？」

媽媽只是一直笑，一句話不說，把我們弄得莫名其妙。只看到姊姊臉上青一陣、白一陣的，最後似乎忍不住了，終於淡淡地說：

「媽媽要我告訴你的對手，他要是膽敢贏了第七盤棋，以後就不用來我們家了。」

超人特攻隊

我不但把故事書借給他，
請他吃冰淇淋，還幫他掃地，
甚至約定將來超人到手，
我們輪流各擁有一個禮拜。

終於，超人特攻隊又擊敗了宇宙魔王，成功地把他趕出阿爾伐星球，拯救了所有的居民。可是宇宙魔王並沒有被消滅，他還會捲土重來，因此明天下午五點半，我們必須準時地收看勇敢的、堅強的——超人特攻隊。考試不及格、晚飯來不及吃都沒有關係，可是如果你不看超人特攻隊，明天上學，你就不懂別的小朋友到底在說些什麼了。

儘管我這樣說，你一定還不明白超人特攻隊到底多偉大，可是那沒有關係。包括我在內，我們全班的男生都是瘋狂的超人迷。據媽媽說，我現在的夢話已經變成這樣：

小朋友，買瓜瓜，送超人，集滿超—人—特—攻—隊，就送超人一個。多買多送，其他還有一萬一千一百個大獎等著你……

超人模型是只送不賣的。它不但可以組合變形，上天下海，還可以配備各種模型武器。尤其是它的胸膛有紅色的雷射閃光，每當超人特攻隊要主持正義、消滅敵人時，紅色閃光就會動起來，發出碰—碰—的聲音。一聽到聲音我就興奮得不能控制，一定要起來跳一跳，也跟著叫，碰—碰—碰，這樣才過癮。

我一心一意把所有的零用錢都存下來買「瓜瓜」。現在什麼冰淇淋、奶昔、沙其瑪我已經都戒掉了，我驀然發現自己從前多麼奢侈浪費。可是儘管如此，我收集的速度仍然太慢了。你看超人特攻隊每天都在消滅敵人的基地，我卻好幾天才能買一包「瓜瓜」。

媽媽就不明白超人對人類偉大的貢獻。她總是問：

「我不懂那些爆米花有什麼好吃？你要真的喜歡，我明天買一大箱回來爆。」

「哎喲，媽，」我趕緊回答她，「人家買瓜瓜送超人特攻隊，妳又沒有。」

「你看你每天都看超人特攻隊，功課得乙下，要是你好好寫功課，得個甲上，媽媽送你機器人。」

「媽，是超人特攻隊，又不是機器人。那沒有在賣的啦。」

「超人特攻隊有什麼好？」

你看，大人就是這樣。他們永遠弄不清楚重點。像我媽媽，隨便買一套衣服就是五千塊、一萬塊，但她卻專門租悲哀的錄影帶來看，每次看到女主角很可憐，窮得沒有衣服穿、沒飯吃，她就一直哭、一直哭……

總之，不管如何，我決定憑自己的努力，來換取超人模型。別看收集超—人—特—攻—隊很簡單，有時雜貨店的「瓜瓜」被別的小朋友買光了，我們還得辛苦地到處去問。買來也不是拆開就算了。有時你剛好有兩張「特」，可是沒有「攻」。於是就得費力去找一個剛好有兩張「攻」，卻沒有「特」的人交換。這些都不是想像中那麼容易的事。

慢慢，我們發現了一項事實，那就是大部分的男生手上都擁有了「人」「特」「攻」「隊」，可是「超」一直沒出現過。我想起電視上廣告某種廠牌的冰箱有種特別的殺菌燈裝置，平時可以滅菌，但只要冰箱一打開，為了保護人體自動就熄滅了。問題是我們怎麼證明廣告是不是騙人呢？因此，有時候我懷疑我們都被騙了，如果廠商根本沒印「超」的話，我們永遠也不會知道。

有一天，莊聰明鬼鬼崇崇跑到我身邊說：

「我有一個超喔。」

「你有一個什麼超？」

「就是勇敢的、堅強的——超人特攻隊。」他比了一個發威的動作，看起來好像猴子搔癢。

「啊——」我睜亮了眼睛。

「噓——」他很神秘地把食指放在唇上，緊張地左右觀望。

「你是說，勇敢的、堅強的——超人特攻隊？」我也比了一個超人發威的動作。

看到他點點頭，我又興奮起來了。我靈機一動，發現我們必須充分合作。我不但把故事書借給他，請他吃冰淇淋，還幫他掃地，甚至約定將來超人到手，我們輪流各擁有一個禮拜。

這一切似乎都很美好，除了莊聰明的「超」一拖再拖之外。他不是換了一個新的安全地點，就是又忘了帶來。漸漸，我實在按捺不住了。便問他：

「你的超到底要不要拿來？」

「我又沒說不拿來。」

「那就趕緊拿來啊。」

「我是要拿來，可是沒說哪一天。」

說著說著我們便吵了起來。通常只要有人吵架，立刻會圍上一堆人，忙著煽火、起鬨。這次很奇怪，人是圍了一大堆，可是大家都抱著手不說話，死盯著莊聰明看。正吵得不可開交時有人站出來說話了：

「莊聰明，你到底要不要把超拿出來？」

我正覺得納悶時，另一個聲音又說：

「把我的冰淇淋、橡皮圈還我。」

「還有我的彈珠、撲克牌。」又有另一個人抗議。

「莊聰明騙人。」

不得了，原來莊聰明欺騙我們所有人的感情。我們氣得去報告老師。可是老師來了，他仍然振振有辭地說：

「是他們自己要請客，我又沒有向他們要。」

老師問清楚了來龍去脈，便耐著性子說：

「莊聰明，既然這樣，你把『超』拿來給大家看，表示你沒有騙人。」

看他愣愣不說話，一張臉像條死魚，老師便開始說了一則華盛頓砍倒櫻桃樹的故事。看他沒什麼反應，老師又說了許多偉人勇於認錯的故事。正說到沙漠的駱駝隊遺失了一顆珠寶的時候，莊聰明終於說：

「老師，我錯了。」

大家激動的拍桌子，又叫又鬧。我氣得把橡皮擦丟出去，我看見莊聰明難過得眼淚都流了出來。我也快哭了，因為橡皮擦正好打在老師臉上。

後來莊聰明足足掃了一個學期的廁所。他早忘記那天他流眼淚的德行，總是拿著掃帚又叫又跳：

「勇敢的、堅強的——超人特攻隊。」

我們看見了都覺得又好氣、又好笑。從來沒有聽說過超人還要掃廁所的。

經過這一次事件，似乎大家都不太相信集滿超人特攻隊，送超人一個這件事。可是我們不死心，有一天，我買了一包「瓜瓜」，打開彩券，正準備丟掉——可是我的心臟抽動了一下，我看到的是一個「超」字，我揉揉眼睛，真的是一個「超」字沒有錯。

「哎呀，是一個超——」我叫了起來。

班上同學都圍過來看。「真的是一個超——」讚嘆的聲音此起彼落。我高高興興地將「超」「人」「特」「攻」「隊」裝入信封，填好回郵資料寄給廠商，心裡充滿美好的期待。不但如此，隔天，班上又可以聞見爆米花的香味，似乎大家對超人特攻隊再度掀起熱潮。

「將來你的超人模型一定要借給我玩一下，好不好？」幾乎每個人都對我提出要求，我變成了班上最有社會地位的人。

超人模型寄來那天，我正在家裡收看超人特攻隊。我拆開包裝，掉出一個小小的塑膠玩偶，我本來以為裡面還有東西，可是卻空空如也。我仔細看那個塑膠玩偶，是有點像超人沒錯，可是和我心目中的想像完全不同。後來廣告出現，我仔細對照，的確是超人，可是我手裡這個感覺小很多，並且要用手拿著才能飛天下海。碰—碰—碰也必須我自己叫。更不用說那個紅色的雷射光了。

起初我的確有點失望。可是漸漸我找到了一些新的樂趣。尤其是看到班上同學的那種熱烈又渴望的表情。我不敢把我的失望告訴他們。因為他們不但不會相信，而且私底下一定會認為我太驕傲。他們總是問：

「你為什麼不把超人模型帶來給我們看？」

「哎呀，不行，我妹妹玩得愛不釋手，再過幾天嘛。」我就裝模作樣地回答。

「說說那個模型給我們聽嘛。」

「堅強的、勇敢的——超人特攻隊。」我做了一個超人發威的動作，聞到教室裡一片爆米花香。大家興奮地站起來，跟著又叫又跳。

上課鐘才響，又有兩個傻瓜，各抓著一包「瓜瓜」，上氣不接下氣地衝了進來。

我與祖母的戰爭

這些我挨打時候曾經保證過不再犯的事都發生了，
等到祖母發現時又來追著要揍人，
我又與她一番追逐，歷史重新再演一遍。

自從那次棒球事件之後，我的祖母在我的朋友之間出了名。她雖然很胖，追不到我，可是她趁我擊出全壘打時等在本壘把我逮個正著，贏得所有人的一致好評。她用智慧得點，暫時以一比零領先。

講到祖母我就傷腦筋，她好像以教訓我為終生之職志。只要看到我，不管我正在做什麼，她一定有說辭。如果我正在講話，她一定說：

「小孩子，只能有耳朵，不能有嘴巴。」

「那不是變成殘障兒童了嗎？」我問。

「啪！」還來不及反應，頭上已經被她的鐵爪功掃了一下，「愛說話就會有倒楣的事來，你看，祖母說得準不準？」

如果我正好沒有說話，她一定問我為什麼不去讀書？再不然問我功課寫好了沒？萬一都寫好了，是不是就過關了呢？放心好了，沒這麼便宜的事。祖母雖然年紀大了，可是記憶力最好了，她能夠把你三個月前的舊帳統統翻出來，全部數落一遍，不但如此，還會提出一些驚世駭俗的例子來警惕我。

「你看，我們巷子前面那個阿水嬸的孫子，就是不聽他祖母的話，才會生了那麼嚴重的病。」

「他生了什麼病？」我問。

「他就是不肯聽他祖母的話，大熱天的，到處亂跑，到處貪玩，結果弄成那樣，好可憐，好可憐。連他的爸爸媽媽也跟著一直哭，一直哭。」

看來似乎是真的很嚴重。「生了什麼病？」我好奇地又問。

「他要是聽他祖母的話就好了，」祖母嘆了一口氣，又特別瞪了我一眼，「就是愛到處亂跑，結果整條腿都腫起來，黑黑的，簡直快爛掉了。」

「到底是什麼毛病？」我已經有點不耐煩了。

「烏腳病。你看看，有多麼嚴重，看你以後還敢不敢亂跑，把一條腿都跑爛了。」

我聽了捧著肚子一直笑，一直笑，這時候，祖母又要罵人了：

「小孩子要莊重一點，笑成那樣，成何體統？」

老實說，雖然我已經立志要成為一個偉大的棒球國手，可是我還是有一點怕我的祖母。於是每到假日，我只好趁著一大清早她還沒睡醒時，拎著手套、球棒，偷偷溜出去打球。

然後這些我挨打時候曾經保證過不再犯的事都發生了，等到祖母發現時又來追著要揍人，我又與她一番追逐，歷史重新再演一遍。

等到祖母氣喘喘地追到家裡時，我早回家了。

這是我最乖的時刻。「祖母，」乖巧又可愛的表情，「我已經洗澡洗好了，也把功課寫完了。」

「祖母，哥哥騙人，他的功課沒有寫完，他昨天的功課還得乙。」可惡的妹妹，又在多管閒事了。

「說到你們現在這些小孩子，真是無法無天，我們當小孩子的時候，哪有這麼大的膽子？」

「祖母，我以後再也不敢了。要好好聽妳的話，做個好孩子。」我裝出善良誠實的模樣。

「哇，好噁心喔。」小討厭。

好了，如果她開始教訓起人來，又說從前怎麼樣怎麼樣，現在怎麼樣怎麼樣，那表示沒事了，她多半會去冰箱拿出甘蔗，拿著菜刀，削去外皮，一小截一小截切下來吃。祖母的牙齒不好，我隨侍在側，遇到甘蔗節的部分就由我消化。

「嗯，好好吃。」這時祖母高興了，我也算諂媚成功。

要是祖母不高興，也沒有去拿出甘蔗來吃，那就比較不好玩了。

「坐在這裡。」她拿了一把小板凳放在庭院裡。然後在地面上周圍畫出一個圈圈，「去拿書來唸，不准超出這個圈圈。」

「哎喲。」我最怕這一招。坐在圈圈裡面，實在是無聊死了。

「去拿書來唸。」祖母命令的聲音很大。

「書都唸完了。」

「都唸完了？」祖母想了一下，她跑回房間拿出一本破破的書，「那讀這一本好了。」

完蛋了，又要讀三字經。祖母雖然不識字，可是她有本事把三字經從頭到尾全部背完。

「祖母，都是什麼時代了，還要背這本？」

「你就是沒有背三字經，才會這麼搗蛋。」祖母一臉不高興，「等一下我要考試，如果不會，看我怎麼修理你。還有，不准超過這個圈圈。」

現在祖母走了，最高興的莫過於小討厭了。她不斷地在圈圈外圍對我做鬼臉。

「你是個搗蛋鬼。」

「討厭鬼。」我對著她大吼。

「嘻，打不到。我不怕，我不怕。」

我只要手稍伸出去，她就開始大叫：

「祖母，哥哥超出圈圈了。」

天啊，無聊死了。我唸一句，討厭鬼就跟著唸一句，像隻跟屁蟲似的。

「人之初，性本善，性相近，習相遠……」

過不久，庭院外面的巷子熱鬧極了。有隔壁的媽媽在串門子，有小朋友在打躲避球。

「喂，出來打球，何必在那裡裝模作樣？」莊聰明從圍牆外面探頭進來。

「他太搗蛋了，被處罰在圈圈裡不能出來，還要背三字經。」她的聲音很大，我相信全巷子的人都聽到了。

我對小討厭使了一個眼色。「不要說那麼大聲。」

「他怕丟臉，叫我小聲一點。」這次她的聲音更大了。我簡直氣死了，恨不得有個地洞可以鑽進去。

「哎、哎，超過了，手超過了，我要告訴祖母……」可惡的小討厭。

超過了？外面這麼熱鬧，我快忍受不了了，這時我靈機一動，把小討厭叫過來：

「靠近一點。」

「我才沒有那麼笨，靠過去挨打。」

「妳別怕好不好。妳去問祖母，我的圈圈能不能自己畫？」

「自己畫圈圈？」她的眼神充滿期待。

「對，妳去問看看，我不會畫很大。」我煞有介事地表示，「順便拿一支筆過來。」

過了一會兒，小討厭帶著彩色筆回來了，得意洋洋地說：

「你可以重畫，但是不能超過三公尺，這可是我千辛萬苦替你爭取來的。」

「妳願不願意保密？」

說到秘密，她的眼睛可睜大了。一直猛點頭。

於是我們開始從事我的Ａ計畫，不久我們就部署完畢。我把三字經放在圈圈裡面，快快樂樂地出去巷子外面打躲避球，討厭鬼則跟在後面一直笑。

差不多我已經玩得滿身大汗，早忘了圈圈的事時，祖母氣急敗壞地追殺了出來，她嘴巴唸唸有辭：

「看我今天非把你打死不可……」

我看局勢不對，拔腿就跑。先跑再說，祖母這麼生氣，怎麼說也說不清楚。我一邊跑一邊回頭看，果然祖母賣力地追了上來，大有你死我活之勢。更後面跟著小討厭，天真地追著祖母，大喊：

「祖母，不要打他，他把圈圈畫在肚子上，他沒有超過……」

冬令進補

我開始加油添醋，把事態形容得十分嚴重，
弄到最後，簡直是孝感動天，
連我都陶醉在自己的故事裡。

第一次聽到要進補時我們差點沒有昏倒。老祖母說得好：

「你爸爸腎臟不好，吃鱔魚最滋補了。」

吃鱔魚當然不是什麼壞事，問題是依照老祖母的中藥秘方，鱔魚必須炒童子尿才有治療的功效。

「媽，不太好吧。」老爸面有難色地問。

「什麼不太好，尿素是中藥的一帖良藥。吃腎補腎，你們懂什麼？」

「哎喲，好噁心，吃小便。」妹妹已經開始抗議。

「小孩子不要亂講話。」媽媽白了妹妹一眼。

等到鱔魚炒好了端出來，我們全都幸災樂禍地準備看英明老爸的好戲。

老祖母是全家最固執，也最有權威的成員，一旦她決定的好意誰都別想改變。

老爸托著筷子，面有菜色地坐在餐桌前。

「嗯，好香。」妹妹的口氣聽不出來是稱讚還是諷刺。

爸爸沉思好久，終於舉起筷子，吃了一口。

「怎樣？」老祖母問，「我就說不錯吧。」

老爸沒說什麼，又吃了一口。「還不錯，沒有想像中那麼難吃。」

這時輪到我們三個小鬼面有菜色了。

「我也吃一口看看。」這時媽媽也表示加入戰局，「嗯，味道還滿不錯的。」

「騙人。」我當場表示不相信。

「小孩子怎麼可以隨便批評大人呢？」老祖母也吃了一口，「很好吃呀，你看。」

「哥，我不管，我要試試看。」弟弟顯然已經忍耐不住。

我還來不及阻止，弟弟已經吃將起來。

不到幾分鐘，妹妹也跟著改變主意。然後兵敗如山倒，幾分鐘之內，全家人一面倒，高高興興地吃著尿液炒出來的好菜。忍字心上一把刀，我為了避免傷害，終於在最後一刻加入戰局。等我吃完那一口，一盤鱔魚，也就清潔溜溜了。

老實說，味道還真的不錯。

吃完之後老祖母當場表示，這只是試驗階段，真正的補品，尿液不能是自家的童子尿，因此必須去找尋新鮮的童子尿才行。不但如此，此一藥方，得連吃十帖才能見效。

去哪裡找新鮮的童子尿呢？

大家你看我，我看你，最後終於將目光集中到我的身上。

「有空找你的同學來家裡玩吧。」老祖母表示。

天啊。「不要！」我大叫了起來。

「你難道沒有聽過臥冰求鯉，賣身葬父，老萊子娛親的故事嗎？叫你的同學來家裡玩，有那麼痛苦？」媽媽表示。

反正結果就是我一再申辯，全家人一再引經據典，最後終於以民主方式投票表決。五比一的比數，敵人遙遙領先。

幾天後，莊聰明來家裡玩時，他簡直受寵若驚。

「你真的整瓶汽水都要請我喝嗎？」

「不但請你喝汽水，等一下還有冰棒。」

「冰棒，」他睜大了眼睛，「我是不是在做夢？」

「如果汽水不夠，我還可以去買。」

「天啊，我以前都錯怪你了。」莊聰明不好意思地表示，「我一直以為你是一個小氣鬼，現在我知道我錯了，我願意把你欠我的橡皮筋全部一筆勾銷。」

「你先別急著一筆勾銷，免得一會兒後悔。」

「不，我絕對不會後悔。」

媽媽走過來，笑嘻嘻地向莊聰明問好，還問他今天有沒有喝水？

老祖母也走過來端詳半天，滿意地點頭：

「嗯，這個還可以。」

「什麼可以不可以的？」莊聰明有一點驚慌了。

「嗯，是這樣的。嗯，對了，你要不要先吃一點水果？」天啊，真不知如何啟齒，「有一件事一定要請你幫忙，哦，是這樣的，我爸爸生了重病……」

我開始加油添醋，把事態形容得十分嚴重，弄到最後，簡直是孝感動天，連我都陶醉在自己的故事裡。

「好可憐喔，但願我能盡一點力。」他被我說動了。

「可以，你可以小便。」

「小便？」他一口汽水差點沒有噴出來，眼睛睜得不能再大。

雖然我並不相信什麼中藥理論，我還是正經八百地再把老祖母的定律重新又講了一次。

「可是我不要小便。」

「反正你也沒什麼損失，對不對？」埋伏在一旁的媽媽已經拿著大碗公，笑嘻嘻地走出來了。

「你說過要幫忙的。」

「可是我不要小便……」他一邊說，回頭就要跑，可是我們全家已經蜂擁而上了。

「很快就好了。」

「我不要……」

最後是我們將他團團圍住，說好說歹加上威脅利誘，才騙出了一點點尿液。小便之後，莊聰明穿上褲子往外跑，跑得比見了鬼還快，說什麼都不肯再回頭看一下了。

似乎爸爸的身體健康果然有了進步。不管如何，我們就這樣連哄帶騙，完成了十次艱鉅的任務。

一切都很好，直到有一次郊遊，老師宣布隔天在我家門口集合。台下起了一陣騷動。

「不要。」零零散散有人表示反對的意見。

老師不高興了。「老師宣布事情，為什麼有人說不好呢？」

這時我聽見男生們震天動地，幾乎是異口同聲地說：

「我——們——不——要——小——便！」

塗牆記

看莊聰明臉上的表情就知道這個處罰正中要害。
從沒有任何處分會像讀書、寫字
帶給他那麼大的傷害力。

「我，我……忘記自己的名字怎麼寫？」雖然老師氣得滿臉通紅，可是莊聰明的話還沒說完，全班早笑得東倒西歪了。

你一定認識莊聰明，就是上次欺騙我們他有「超」、「人」、「特」、「攻」、「隊」那個人，老師罰他掃廁所，對不對？現在你記得了。我偷偷告訴你，他的麻煩大了，因為他的國語考了一百分。考一百分其實是件好事，問題是他考卷上的班級座號姓名竟和丁心文一模一樣，恰好丁心文也考了一百分。

「如果你考試不及格，老師非常生氣。」現在精采了，老師氣得說話都有些結結巴巴，「如果作弊考一百分，老師更是非常非常生氣。萬一你笨到作弊還把別人的座號姓名都抄上去，那老師簡直是非常非常非常生氣，這樣你懂嗎？」

我看得出來莊聰明一臉茫然，可是他還是裝出很無辜的樣子。

「現在你打算怎麼樣？」

莊聰明猶豫了一下。「罰我跑步。」

「不行。」老師搖搖頭。上次老師罰他跑五圈操場，他高高興興一下子就跑完了。還加跑兩圈表示免費贈送。「罰我掃廁所。」莊聰明興奮地脫口而出。

一聽到廁所，老師激動起來：「上次罰你掃廁所，廁所的門被你表演超人踢壞，水龍頭也被你撞壞了，你還把一支掃把、兩個水桶都弄到化糞池裡去，照這樣，你再去掃廁所，以後我們班只好用手掃地了。」

老師背著手，在講臺上踱來踱去。處罰莊聰明的確是傷腦筋的一件事，他不但天不怕，地不怕，而且破壞力極強。老師走過來，又走過去盯著桌上一大疊作業簿，忽然靈機一動。

「你就是平時懶得寫作業，才會連自己的名字都不會寫。現在罰你每天寫作業，加寫自己的名字，莊聰明，莊聰明，寫五十遍。懂不懂？」

看莊聰明臉上的表情就知道這個處罰正中要害。從沒有任何處分會像讀書、寫字帶給他那麼大的傷害力。光看他國語課本上面的偉人肖像什麼華盛頓、愛迪生、牛頓塗得黑黑的鬍鬚、眼鏡，和一圈一圈的狗熊眼眶，就知道我說的沒錯。

現在一到第七節，老師在黑板上寫完當天的生字就離開了。講臺底下一片安靜，只剩下沙沙的鉛筆聲。每個生字要寫一行。通常是丁心文最先寫好她的作業，規規矩矩把作業簿交到講臺上，拍拍裙子，走回座位，帶著她的鞋油盒子，歡歡喜喜跑去操場跳房子。然後是張美美、王麗芬……過了不久，男生開始交作業，操場傳來打棒球、躲避球，熱鬧滾滾的聲音。

漸漸教室只剩下莊聰明一個人。他不再是在球場上打全壘打，或者是打躲避球欺負女生那個威風八面的男生。莊聰明、莊聰明……他把作業簿寫得髒兮兮的，橡皮愈擦愈糟糕，一不小心，把紙張擦破，氣得撕掉再寫，結果作業簿愈寫愈薄……

有一次莊聰明忽然問：「你知道我為什麼姓莊嗎？」

「因為你爸爸姓莊呀。」

「可是我爸爸為什麼要姓莊呢？」

「姓莊有什麼不好？」我反問他。

「那當然不好。」他睜亮眼睛，「你看，一、二、三、四、五、六、七、八、九、十、十一，莊有十一畫，還叫聰明，要寫好久，我真羨慕丁心文的爸爸姓丁。」

竟然怪起自己的爸爸來了，我忽然覺得很好笑。「你還不錯，至少你爸爸沒有姓烏龜的龜。」

話沒說完，莊聰明的書包已經甩過來了，幸好被我閃過去。其實姓龜也沒什麼不好，我還認識一個人姓龔，二十二畫呢，真夠悲慘。

我第一次看見那幾個字是在廁所的牆壁上。然後那幾個誹謗楊老師的字像長了腳一樣，偷偷爬到欄杆，課桌椅上面。幾天以後，我走進學校，不得了了，牆壁上，教室玻璃，公布欄，到處都用簽字筆歪七扭八地塗著那幾個大字。

這件事很快轟動了全校，校長還氣憤地在朝會表示：

「這位同學破壞老師的名譽也就算了，可是他不應該破壞學校的公物，校長一定要查出這位同學，給他適當的處分。」

我緊張兮兮地找到莊聰明，沒想到他一臉不在乎的表情，展示一支開叉的簽字筆給我看，還表演超人發威的動作，得意地問我：

「厲害吧？」

看他興奮的樣子，我差點沒昏倒，真不知道該生氣或者替他哀悼。

第一節課，教室裡面的氣氛比往常凝重。楊老師一句話不說走進教室來。

「起立，敬禮，坐下。」

他轉過身，在黑板上大大寫下兩個字：

「誠實。」

然後開始告訴我們那個老掉牙華盛頓砍倒櫻桃樹的故事。他的態度似乎沒有想像中可伯。你看華盛頓勇敢地承認自己的錯誤，爸爸不但不罵他，反而稱讚他。可見我們要勇於認錯。

「嗯，」老師滿意地點頭，「剛剛我看見一個同學在打瞌睡，自己勇敢站起來認錯好不好？」

大家你看我，我看你，沒有人站起來認錯。

「咦？老師明明看到那個人。現在大家都閉上眼睛，老師再給那位同學一次機會，自己勇敢地站起來。」

我一閉上眼睛，聽見乒乒乓乓的桌椅挪動聲，偷偷一瞄，竟有五、六個同時站起來。

「很好，」沒想到老師鎮定得很，「請坐下。我們做人最要緊的就是誠實，老師最喜歡這種誠實的小朋友，這樣懂不懂？」

「懂。」

「那老師再問你們，操場牆壁上那幾個字，『楊老師很壞』是誰寫的，自動舉手？」

我偷偷瞄了莊聰明一眼，他似乎一點勇於認錯的意思也沒有。

「老師再給這位同學一次機會。」

看來老師再給一百次機會也沒什麼用了。這時候老師忽然靈機一動。

「好，現在每個人拿出紙來，在上面寫楊老師很壞五個字，然後簽自己的姓名在右下角，老師要比對筆跡。寫好了每排最後一個人從後面把紙條收過來——」

我看到莊聰明寫那幾個字時，他還得意地對我擠眉弄眼，搔首弄姿，表示那幾個字是用左手寫的。

「揚老師狠壞」。斜斜歪歪的字體，的確和牆壁上那幾個字筆跡不同。可是你一定已經發現了，才五個字而已，竟有兩個錯字。錯得和牆壁上一模一樣。

我很想勸他去好好讀書、寫字，可是回頭看見他自鳴得意地向我比畫勝利的手勢時，忽然很期待這場即將開演的好戲。

我把紙條收集好，交給老師，一、二、三、四、五、六、七——

「莊聰明！」老師脹紅了臉大叫，頭上都冒白煙了。果然沒錯，七秒鐘不到，一場暴風雨就要開始了。

投稿記

孔子說的沒錯，女孩子、小孩子
是最不好對付的傢伙，
我的妹妹正好具備了雙重身分。

自從吳美麗的作文〈大毛和我〉被報社刊登出來以後，她立刻變成一個名人，大毛也成了天下最偉大的狗。校長還特別在朝會的時候表揚吳美麗，並且訪問她寫作的經過。我只要想起她噁心巴拉地唸那句：「啊！大毛真是一隻可愛的狗呀——」就覺得毛骨悚然，全身無力。

有一天，我忽然心血來潮，為什麼我不自己動手寫一篇和吳美麗較量一下呢？如果大毛那種爛狗都可以變成一隻真是可愛的狗，那麼我們家的哈利一定可以表現更好。主意既定，我立刻把房間大門關起來，開始從事我這個神聖而莊嚴的工作。

我撕下作業簿當作稿紙，在稿紙上寫下我的題目：〈我和哈利〉。然後我就開始啃鉛筆頭的橡皮擦了。到底要怎麼樣才能一開始就讓別人印象深刻呢？我想了半天，決定這麼開始：

最初，哈利並不是一隻好狗。牠全身都是癩皮病，我們看牠可憐，把牠帶回家來的……

我寫著寫著，忽然外面有人敲門。

「你還好吧？為什麼房間裡面那麼安靜，一點聲音都沒有？」是爸爸的聲音。

「哦，沒什麼。」

爸爸是個討厭鬼，每個爸爸都一樣。他們小的時候都是第一名，沒有一個爸爸小時候是第二名。很多偉大的工作一開始一定不能讓他們知道，否則他們會笑得不可開交，一旦你成功了，他們又會撿現成的便宜，到處稱讚你，問你到底是誰家的孩子，怎麼這麼厲害？

「你有沒有生病？或者是身體不舒服？」

「沒有。」

「奇怪了，這麼安靜。」爸爸又想了一下，「我知道了，你是不是又破壞了什麼東西？」

「沒有。」

「那是不是在學校又惹了什麼禍，等一下老師要來家庭訪問？」

奇怪了，我難得安安靜靜做個努力又用功的好學生，竟引來這麼大的嫌疑？過了不久，媽媽也來了。天哪。

咚咚咚。「你開開門。」

「哎喲，讓我安靜一下嘛。」我開始抱怨起來，「我在從事一件很偉大的工作。」

「到底是什麼事？」媽媽問。

「我需要安靜。」我大叫起來。

「從來你就是安靜的死對頭。到底發生了什麼事？」

「這是秘密。暫時不能告訴妳。」

一聽到安靜，我們家特大號的超級小囉唆立刻咚咚地跑過來了。

「什麼秘密？哥，讓我進去，我要知道。」

這下可好，為了我的安靜我們全家隔著一扇門開起家庭會議來了。

「讓我進去，我要知道，哇──」已經有人開始哭起來了。歷史上，有各種偉大而不同的哭法，可是為了好奇而哭的事是稀罕而少見的。

「好吧，那你就讓妹妹進去看看吧。」爸爸說話了。

「可是她進來以後你們要滾蛋。」

我打開門，讓妹妹從門縫鑽進來。她的眼睛已經哭得泡泡的，可是一進門立刻露出鬼靈精怪的笑容：

「爸媽要我進來當超級大偵探，可是我告訴你，你不要告訴別人，我死也不會洩漏秘密的。」

她的眼睛四處搜尋，似乎找不出什麼特別的異狀，最後終於在桌上找到那張稿紙……

「喔，你撕毀簿子。」

「那算什麼。」我不屑地回答。

「最初，哈利並不是一隻好狗，牠全身都是癩皮病……」她開始一字一字地唸，還把癲唸成懶，不久，她的眼睛立刻閃爍出聖潔的光輝，「啊，我知道，你要去投稿，像吳美麗一樣，哈哈，啊，大毛真是一隻可愛的狗呀──」她樂得手舞足蹈起來。

「你還要寫，為了治牠的病，我們好久都沒有吃冰淇淋，節省了許多錢。」

咚咚咚。爸媽在外面敲門了。「妹妹啊，你們在裡面做什麼？」

妹妹猶豫了一下。我拚命對她眨眼睛。

「沒事。」很好，標準答案。

「這兩個小鬼到底在搞什麼？」媽媽開始發牢騷。

「不管他們了。反正有聲音就好。」

為了防止爸媽再度騷擾，我規定妹妹每隔三到五分鐘必須發出快樂的笑聲一次。

過了不久，她開始表示不滿意了。

「哥，我也要投稿，好不好？」

哈利的皮膚病漸漸地好了，慢慢長出毛來，我們才知道……「哥。」她又叫得更大聲了。

才知道牠是一隻長毛狗。「嗯？」我一邊寫，一邊應付她。

「我也要投稿——」她以高八度的嗓門大叫。

我立刻用手摀她的嘴巴。「噓——這是秘密，小聲一點。」說完不得不順手撕一張作業紙搪塞她。

拿到紙，她很高興地坐在桌子前面，有模有樣。

「可是我不知道該寫些什麼？」

「我愛小星星。」我隨便丟給她一個題目，為什麼是我愛小星星，我也不知道。

「我——愛——小——」她一筆一劃很認真地寫，「哥，星星的星怎麼寫？」

「不會寫就注音。」

「注音可以嗎？」

「編輯老師會幫妳改嘛。」真麻煩，字都不會寫，還要投稿。

趕緊寫我自己的稿子。才知道牠是一隻長毛狗，每天我們都給牠洗澡——

「哥——」媽呀，問題又來了。

「我愛小星星，寫好了，再來怎麼寫？」

「天哪，是誰在投稿？」

「可是人家不會寫嘛……」撒嬌。

親愛的小星星，每天晚上我都跑去看你，你在天空中不停地眨眼睛——

為了讓她盡量保持安靜而忙碌的狀態，我唏哩嘩啦唸了一大堆讓她去寫，反正低年級的程度不用太高，我隨便唸一唸就好了。

這樣折騰了一個星期天，總算兩篇稿子都寫好了。我們把它裝在同一個信封，以便節省一張郵票。抄好住址，貼上封口，很謹慎地藏在書包裡。

稿子寄出去以後，每天到學校第一件事就是去翻報紙，看看我們的稿子有沒有刊登出來。報社的作業很快，差不多是一個禮拜以後的一個早上，我翻開報紙，就看到〈我和哈利〉四個大字印在兒童版上面。再仔細對照學校班級、姓名，果然是我的作品沒有錯。當我看到「最初，哈利並不是一隻好狗——」整整齊齊地印成鉛字，我的心臟撲通撲通都快跳出來了。

更巧的是，妹妹的稿子也刊出來了，就在我的版面的隔壁，並且還成了本日推薦作品。一時之間，我們成了全校最顯赫的家族。老師還告訴我：「校長很高興你們為學校爭取榮譽。明天早上升旗的時候不但要表揚你們，並且還要訪問你們寫作的經過。」我心裡可樂了，雖然表面還裝出很謙虛的樣子，嘿嘿，吳美麗，我們以二比一的比數暫時領先。

放了學，衝回到家裡，我幾乎要大叫出來。

「我錄取了，刊出來了！」

爸爸、媽媽早已經坐在客廳了，情勢似乎不太對。

「你們看，文章刊出來了。」

「唉，你看你把妹妹弄成這副德行。」媽嘆了一口氣。

這時候我才知道小麻煩坐在沙發角落，已經哭得滿臉鼻涕了。

「喂，怎麼了？」我問她。

「明天校長要訪問，怎麼辦？哇……」她又哭得更大聲了。

「那很好啊。」

「可是我不知道要回答什麼？那一篇根本從頭到尾都是你寫的，校長知道了一定會處罰我……」

「妳就說妳愛小星星啊。」

「可是我根本就討厭小星星。都是你叫我這麼寫的。哇……」

「妳討厭小星星，為什麼還要投稿呢？」

「我以為投稿很好玩，而且你又說是一個秘密，現在爆發了，哇……」

她把手帕哭濕，又拿裙子起來擦眼淚，「明天早上我們兩個人都完蛋了。」

原來我又惹麻煩了。

一整個晚上，我都在收拾殘局。這回是幫她寫演講稿。

「親愛的校長，各位老師，各位同學：我因為每天晚上在院子乘涼的時候，看到天空許多小星星，所以引發了靈感……」

「哥——」吧嗒吧嗒的哭聲，「你寫這麼長，萬一明天早上我背不出來怎麼辦？」

孔子說的沒錯，女孩子、小孩子是最不好對付的傢伙，我的妹妹正好具備了雙重身分。我不知道為什麼千辛萬苦替自己找來這種超級大麻煩？

「哥——大家會不會看出來我在說謊？」

「不會。」

「哥——」

……唉。

媽媽不在的時候

我相信今天晚上我一定會興奮得睡不著，
套一句老師常說的話——
小孩子掉到糖果堆裡去了。

十二月十二日 星期三 天氣晴

今天放學回家，在餐桌上發現一張紙條。

爸爸和媽媽決定到墾丁公園再度一次蜜月，因為明天是我們結婚二十週年紀念日。你們在家裡要乖、要聽姊姊的話，她會負責照顧你們。

爸爸和媽媽留

我趕忙衝到每個房間去看，哎呀，爸爸和媽媽果然都不在家，只剩下姊姊一個人在廚房裡面炒哇炒地做晚飯，我在沙發上看卡通影片，沒有人逼我去洗澡，也沒有人逼我寫功課，真是快樂。

後來姊姊的晚餐端出來，乾飯沒有煮熟，湯湯的，我們就將就著吃稀飯。還有她的蛋炒得黏黏的，我們笑著說那是蛋糕。最嚴重的是菠菜炒得黑黑的，我們也不介意，加封「火燒菠菜」。

媽媽從屏東打電話回來時，這個家庭全部壞掉了。碗盤全丟在水槽裡，沒有人去洗澡，沒有人寫功課，電視開得哇啦哇啦響，滿地都是妹妹的洋娃娃。可是我們仍然異口同聲編織美麗的謊言：

「洗澡洗好了，功課做好了，我們都很自動，等一下要上樓溫習數學。」

「嘰哩呱啦的是什麼聲音？」媽媽遲疑了一下，顯然她也聽見電視的聲音。

「隔壁王媽媽和王爸爸在吵架。」多虧妹妹想得出來。

「你們今天晚上晚餐好不好吃？」

妹妹和我同時抬頭看了姊姊一眼，默契十足地說：

「好吃——」

我相信今天晚上我一定會興奮得睡不著，套一句老師常說的話——小孩子掉到糖果堆裡去了。不用寫作業、不用洗澡，可以看一整晚的電視，明天早上還可以不用喝牛奶……

十二月十三日 星期四 天氣晴

今天早上起床一看，哎呀，不得了，已經七點半了，妹妹還傻呼呼地躺在床上睡。我想起這時候早自習已經結束，大家開始掃地了，便顧不得刷牙洗臉，草草抓起妹妹，開始穿衣服、背書包、戴帽子。妹妹的動作實在很慢，我氣得跳腳猛叫，哈利也在門外叫，沒有人餵牠吃早餐，我便把桌上最討厭的牛奶倒在牠的碗裡，一舉兩得。

等我們坐上公車，匆匆趕到學校，第一節數學已經開始了，我一喊報告，一走進教室，全班立刻笑得東倒西歪，連老師也又氣又笑，指著我的褲子。我低頭一看，才知道把睡褲穿到學校裡來了。我就這樣穿著睡褲，被老師罰在走廊站。當我垂頭喪氣地走出教室，正好看見隔壁班，妹妹也被罰站在走廊上。看到妹妹一臉倒楣相，我又開始覺得好玩了。我們兩個人站在走廊上彼此做鬼臉，做了一節課。

晚上回家看到一張紙條。

親愛的妹妹：

姊姊和姊姊的男朋友決定今天晚上去看電影，慶祝我們認識一週年紀念日。桌上的錢拿去吃晚飯，妳在家裡要乖，要聽哥哥的話，他會照顧妳。

姊姊留

我靈機一動，為什麼我們不自己動手來煮泡麵呢？說完我立刻慫恿妹妹到樓下雜貨店去買泡麵，我負責燒開水。妹妹在鏡子前面練習「老闆，我要買兩包泡麵。」這句話，一直練習了半個小時，才戰戰兢兢地下樓去。

我們把水煮開了，麵條、調味包、油料包都加到鍋子裡去。嘩啦嘩啦攪了半天，妹妹舀起一匙湯，喝到嘴裡，皺著眉頭說：

「好鹹——」

我一喝果然太鹹，但這難不倒我這個天才，我到冰箱裡搬出糖罐子。「加點糖中和中和。」

結果我就煮出了史無前例的一道菜。並且還有兩種吃法。媽媽打電話來時，一切仍然如同往常一樣安好，晚餐吃的是乾麵加酸辣湯。當然妹妹不應該控訴姊姊不負責任的行為，可是姊姊跑去和男朋友約會，把我們丟在家裡，這一點起碼的報應，也是她罪有應得……

姊姊很晚才回到家裡。我向她報告今天發生的一切，她沒說什麼，帶我出去買了一個鬧鐘。

十二月十四日 星期五 天氣多雲

雖然我們擁有了一個新鬧鐘，可是今天還是遲到了，被罰站在走廊上。

我和妹妹都發現我們不能完全相信鬧鐘，因為鬧鐘只會叫醒人們一根手指頭。

下午一放學，媽媽的電話立刻過來了，嘮叨這個，嘮叨那個，還規定姊姊要帶我們出去吃晚餐，並且每個人都要洗澡，她要打電話請隔壁王媽媽過來檢查。

等我們總算吃了一頓像樣的飯回到家裡，發現沒有人帶鑰匙，我們被自己鎖在門外了。

鎖匠幫我們把門打開，電視都已經開始播放夜間新聞了。看姊姊一臉豬肝色，妹妹和我很知趣地去洗澡，還很乖地把衣服放到洗衣機去洗。偏偏禍不單行，當我把洗好的衣服丟到脫水槽去，重心不一致，碰，碰，碰，脫水槽劇烈地轉動幾下，便壞了——

姊姊可火冒三丈，指著妹妹和我大罵：

「我看你們誰再去跟媽媽打小報告，我就要誰好看——」

妹妹和我一看不對勁，趕緊溜回寢室。直到我們把房間大門關起來，姊姊還在嘰嘰呱呱。妹妹嚇得問我：

「現在怎麼辦？」

「我們睡覺，睡著了，什麼都不知道，就沒我們的事了。」我可想出了好辦法。

妹妹表示同意，開始去換睡衣。我則拿起鬧鐘，旋轉發條，旋著旋著姊姊打開門走進來了。

「明天鬧鐘響的時候我不在了，你們可要醒過來，懂不懂？全部都要醒過來。」

她一把搶走鬧鐘，把鬧鐘擺在門外，「每一根手指頭、腳趾頭、眼睛、鼻子、嘴巴、脖子，身體全部都要醒過來，然後起床，穿拖鞋，走出來這裡，把鬧鐘按掉，知不知道？」

十二月十五日 星期六 天氣陰

結果一大早鬧鐘一直響，我和妹妹在床上翻來覆去。

「討厭，好吵。」鬧鐘的聲音一次比一次還要大，妹妹用棉被蒙上了頭，過了一會迷迷糊糊地問，「它到底會叫到什麼時候？」

可是過了不久，電話鈴響起來。再一會兒，大門也噹噹地響著，等我睡眼惺忪跑出去打開大門，門外擠滿了王媽媽和其他的鄰居，王媽媽看到我立刻大叫：

「拜託，我們全部都被鬧鐘吵醒了，你還能睡……」

如同往常，今天又遲到了。我趕到學校時，正舉行升旗典禮。我偷偷摸摸溜進隊伍裡面去，被老師逮個正著。

「二年乙班。」臺上導護老師唸到我們班。

「就你代表去領獎吧。」老師告訴我。

我跑到臺上去，才知道因為我遲到次數太多了，害得班上秩序比賽成績被扣分，領到一面黑旗子。我把黑旗子領回來，看見老師一臉鱷魚相，不高興地說：

「回去叫媽媽打電話和我聯絡。要不然，老師主動去找你媽媽，你就慘了。」

現在我真的開始有些擔心了，你想，媽媽回來一定先發現洗衣機壞掉，然後是一堆碗盤、衣服、亂七八糟的客廳，王媽媽一定會告訴她一些壞事，輪到我報告這件事時，我懷疑她還腦筋清醒……

我回到家裡看見姊姊的男朋友正在修理洗衣機，我想或許事情並不像我想像的那麼嚴重，一切都還有轉機……

姊姊的男朋友一邊敲敲打打，一邊吹牛：「洗衣機對我們這些學機械的男生而言，只能算是玩具，它的構造實在很簡單，說穿了沒什麼……」

他一邊說一邊把電線接到插頭，說時遲那時快，只聽到碰的一聲，一陣火花，冒起黑煙，把姊姊的男朋友燻得臉黑黑的，我發現電視沒有電，此外，所有的電燈也都不亮了。

十二月十六日 星期日 天氣晴

今天天還沒亮，我就把妹妹拉起床了。幫她洗臉，整理書包，還規規矩矩地喝完自己的牛奶，我一看手錶，才六點半，真好。

背著書包坐在公車上，我覺得無比舒暢。總算今天不會再遲到了。也許是心情的緣故，路上慢跑的人，喝豆漿的老先生，看起來都格外順眼，整個城市也顯得特別空曠。

我和妹妹到了學校，還沒有別人先到。我們就個別進入自己的教室，打開窗戶，讓空氣流通。還坐在自己的座位上，拿出國語課本來預習。我還聽見了窗外鳥叫的聲音，這一切都很美好，直到工友走過來，一臉莫名其妙地問：「今天是星期天，你在這裡做什麼？」

所謂福無雙至，禍不單行，我們一回到家裡，立刻有人在門外敲門，我從門縫裡看一看，哎呀，不得了，老師來了，旁邊還跟著另一個人，看一看，是妹妹的老師。

然後門一直敲，妹妹和我一直團團轉。

「怎麼辦？」她一直眼巴巴地看我。

「有了，我們暫時停止呼吸，假裝沒有人在家……」

然後我們都屏息以待，門一下一下地敲，心臟碰碰的聲音，都聽得一清二楚。

「怎麼會這樣呢？一個人都沒有？」我們聽到老師的聲音，然後又敲了幾下門，猶豫了一會，轉個身，皮鞋的聲音一步一步地遠了。

妹妹輕輕把門打開，探頭出去望，過一會兒回過來，詭異地點頭微笑，

空襲警報解除了──

「UP──」我們兩個人又叫又跳，這是幾天唯一順利的一件事情。妹妹拿著沙發椅墊敲我的頭，我也興奮地拿起椅墊和她一陣亂敲……

「碰──」

我手上的沙發椅墊一下子不小心飛了出去，整個外皮劃破，裡面的羽毛紛紛飄落下來。

等羽毛落定以後我仔細算算燈上面的六個燈泡，一、二、三、四，沒錯，現在只剩下兩個是完整的了。

十二月十七日 星期一 天氣晴

親愛的媽媽，請你們快些回來。今天廁所的抽水馬桶又開始不通了。我相信事情還會愈來愈壞。

我和妹妹在姊姊的淫威壓迫之下，飢寒交迫，貧病交加，已經三天沒洗澡了。除了電話所說的甜言蜜語之外，所有的事情都愈來愈不可收拾。

親愛的媽媽，請你們快回來。因為我要開始喊叫了，救命——

最後一片西瓜

情況很危急，
差不多所有堂兄妹都吃過了第二片水果，
一時之間，整盤西瓜空了一半。

終於該吃水果了。

嬸嬸把水果盤端上來，西瓜切得整整齊齊排列，數量雖然不多，但是顏色非常艷麗。也許是芬芳的氣味，快睡著的妹妹醒了過來，我注意到她的眼睛盯住西瓜，一下子流露出燦爛的光芒。

現在我的脖子綁著一朵大紅色蝴蝶領結，乖乖坐在這裡。我相信再頑皮的小孩，只要聽見到親戚家作客這種壞差事，一定立刻安靜下來。我脖子上的領結總讓我想起家裡大狗哈利脖子上的項圈。牠失去自由，整天汪汪叫，我卻連叫的權利也沒有。

妹妹也好不到哪裡去，她被綁上那朵據說很漂亮的髮結，翹出兩瓣高高的蝴蝶結在腦袋瓜上面，整個人看起來像隻笨兔子，又像背著天線的電視機，又好像剛從禮品店包裝好，準備送人的禮物。總之，我們兩人很慘淡地坐在那裡，努力裝出很快樂、很乖巧的樣子，供人觀賞。

「去年你和妹妹來時才這麼小，」嬸嬸比畫一個很矮的高度，「小孩子長得這麼快，難怪我們要老，唉——」

「可不是嗎？」媽媽跟著感嘆，一點也沒有注意到妹妹睜得大大的眼睛，不停向媽媽眨動、暗示。

先是伯父開始用牙籤挑起一片西瓜，塞到嘴巴裡去，津津有味地咀嚼起來。幾滴西瓜汁從嘴角流出來，他掏出手帕去擦拭。接著三個堂哥、一個堂姊、一個堂妹，各拿起一枝牙籤，蜂擁而上，又快又準地刺中目標，挑起來，丟進嘴巴裡面去。

「妹妹幾歲呢？」嬸嬸又問。

妹妹裝出可愛的模樣扳手指頭，一、二、三、四、五，是五歲沒錯。情況很危急，差不多所有堂兄妹都吃過了第二片水果，一時之間，整盤西瓜空了一半。

妹妹不停地在桌面下踩我的腳，要我暗示媽媽允許我們吃西瓜。

我想起出門前媽媽一再告誡的話。

「到了嬸嬸家裡，人家請你們坐，不要一下就坐下來。」

「為什麼不坐呢？」我問。

「人家只是測驗你們小孩子懂不懂事，聽不聽話。」媽媽說。

「那要什麼時候才坐呢？」

「等我暗示你們。」媽媽很滿意地訓示我們，過了一會兒，想起什麼，忽然又問：「那如果嬸嬸請你們吃東西呢？」

「不吃。」我和妹妹異口同聲回答。

「對，」媽媽高興地撫摸我們的頭，「要等媽媽暗示。」

事實上並沒有說的那麼容易。我看媽媽和嬸嬸談得眉飛色舞，早忘記暗示這回事了。妹妹不斷地在左邊踩我的左腳，踩得我腳趾直發脹。

看著西瓜一塊一塊淪陷到堂哥、堂妹的口裡，我終於下定決心，伸出我的右腳，去踩媽媽的左腳。不踩還好，一踩媽媽忽然停止談話。轉過身來瞪我們看。

嬸嬸不知道發生了什麼事，忙出來打圓場，拿給我和妹妹一人一枝牙籤，笑著說：

「來，哥哥和妹妹都吃西瓜。」

雖然從手到西瓜的距離還不到一公尺，可是中間有一道媽媽鋒銳的目光阻擋著。我想起上課時老師說過黃花崗七十二烈士的故事，不成功便成仁。我慢慢伸出去的手顫抖著，最後終於又縮了回來。我總算體會到革命先烈的偉大情操，我就沒有那種勇氣，我害怕在媽媽的暴政之下「成仁」。

媽很滿意地拉開了笑臉，告訴我：

「哥哥乖，背書給嬸嬸聽——」

哎呀，又是這套表演「天才兒童」的遊戲。為什麼大人都不肯背書，總是要叫小孩子背書呢？

我老大不情願地站起來背第一課（一直都是背第一課）。

風和日暖春光好，結伴遊春郊。

你瞧：

一彎流水架小橋，兩岸楊柳隨風飄。

豆花香，菜花嬌，

不知為什麼，背到豆花香時，我迸出了一句「西瓜香」。除了妹妹以外，滿堂哄笑。我看到伯父把嘴巴的西瓜汁都噴了出來。堂妹吃剩一半的西瓜掉到地上去，讓嬸嬸撿到垃圾桶去丟掉。

西瓜一塊一塊地消失。我一邊背，一邊想起，國父經過十次革命失敗，終於創建民國。而我為什麼連一次的勇氣都沒有呢？

背完了書，聽到疏疏落落的掌聲。西瓜剩下一塊了。鮮豔無比地躺在盤子裡面。輪到妹妹彈鋼琴，表演〈少女的祈禱〉。她手拉裙子，向大家敬禮。臨上鋼琴前，還屢屢回頭望著西瓜，眼巴巴地希望它不要受別人蹂躪。

老實說，她那〈少女的祈禱〉彈得像一輛壞掉的垃圾車。而我正和良心不斷地掙扎著。是最後一片西瓜呀，為什麼我沒有大無畏的精神呢？

不知哪裡來的勇氣，正當大家裝出陶醉的模樣聆聽音樂時，我也裝出若無其事的模樣，拿起牙籤，伸出手，挑起西瓜——這一切都那麼自然、優雅……可是當我輕輕地咬下第一口時，音樂停了下來。

「西瓜——」我聽見妹妹開始哇哇大哭，嬸嬸和媽媽把她從椅子上拉下來時，她仍然哽咽地嚷著西瓜。

無論如何哄騙都是枉然的。妹妹的哭聲在嬸嬸端出第一杯 500 CC 西瓜牛奶時，才算略微平靜下來。到了第二杯西瓜牛奶時，總算有了一點笑容。她一共喝了三杯 500 CC 牛奶（真是可怕），喝完第三杯時，嬸嬸慈祥和藹地問她：「還要再來一杯嗎？」

「不好意思。」妹妹低頭回答。

「那來一杯小杯的好了。」

妹妹竟然點點頭。

現在廚房裡果汁機的聲音正嘎嘎地響著，第四杯西瓜牛奶還沒有端上來。無論如何，我再也無法把這件事當作有趣的事看待了。因為我正好抬起頭，看到媽媽生氣的臉，脹得比西瓜還要紅。

暑假作業

然後我們兩個人繼續塗呀塗，眼睛痛，手痠，
又想睡覺，整個臉被墨汁弄得黑黑的。
終於我覺得有些後悔了……

今天早上還沒有睡醒，小討厭鬼就跑來搖我的床。

「哥，快起來，起來幫我撕日曆。」

「撕日曆？」我揉著惺忪的雙眼，「幾百年沒撕日曆了，一大早撕什麼日曆？」

「就是好久沒撕了，才要叫你撕。」

「自己不會撕？」

「我就是撕不到才叫你幫忙嘛。」

「哎喲，討厭，妳為什麼長那麼矮？」

「我又不是故意的。」她一臉無辜相。

我迷迷糊糊起了床，走到日曆前，抓抓頭。

「怎麼才八月二十二日？」我問。

「今天也不是星期三。今天是星期五。」

「八月二十四，」我隨手撕下兩張日曆，「很好，是星期五。」

「咦？可是媽媽生日是八月二十六日，早已經過去了。」妹妹抗議了。

「對嘛，我也覺得怪怪的。」我想了想，「妳說媽媽生日是星期幾？」

「是上個禮拜天，我記得了。」

「上個禮拜天？」我們都陷入了數學計算思考，「這麼說今天是八月三十一日。」

「八月三十一日。」我們兩個人不約而同地尖叫了起來，「明天要開學了！」

天啊！明天要開學了。這是非常可怕的事實，光是想到暑假作業我就頭大。首先我有許多功課要寫，不但如此，還要交寫毛筆字一本、畫圖三張，最可怕的是要寫日記，每天一篇。我算了算，一共有五十幾篇，天啊……

「哥，我們是不是現在要開始寫功課了？」小討厭問我。

「廢話，現在不寫，難道妳還明天拿到學校請老師幫妳寫？」

「哥，可是我寫不完，怎麼辦？」她哭喪著臉，眼淚已經快流出來了。

「我也不知道該怎麼辦？我自己的也寫不完。」
聽到我也寫不完，小討厭似乎又有一點開心了，她說：
「哥，你快想個辦法。」
我靈機一動，對她說：
「妳先幫我記日記，然後我幫妳寫作業。」
「我們的字又不一樣，我怎麼幫你記？」
「我又沒有要妳真的寫上去，妳只要幫我想想暑假那一天都發生了什麼事，就好了。」
「那我的作業呢？」
「妳的作業都是加減乘除，太簡單了，等我們作完了，我只要一會兒就幫妳寫好了。」
主意既定，交易也談妥。現在才是早上十點鐘，開始寫暑假作業，應該還來得及。我翻箱倒櫃，終於把丟得不知去向的作業簿找回來，先開始寫功課。

懶，懶，懶，懶，懶，懶，懶……

一個字要寫一行，一行有十四個字，一共要寫兩百多行。真的搞不懂，為什麼明明已經會寫的字，要重複寫十四遍？

妹妹準備了一大張紙，畫好七月和八月的日期，開始替我想暑假發生的事。

「哥，有些日子發生了什麼事想不起來怎麼辦？」

「妳就幫我隨便編。」

隋，隋，隋，隋，隋，隋，隋……

一邊寫，小討厭得意地唱了起來：

「嘻嘻，星期一猴子穿新衣。星期二猴子肚子餓。星期三猴子去爬山。星期四猴子去爬樹。星期五猴子去跳舞……」

「星期六猴子去斗六。星期七猴子坐飛機。星期八猴子摔得軟趴趴。」

我也跟著得意地亂編。

「我很討厭表姊。」妹妹表示。

「我也很討厭。」

「我可不可以編她撞到電線杆，被送到醫院去。」

「反正老師也不認識她。」我欣然同意。

有了仇人之後，我們編日記的速度就快了，差不多在吃完中餐後不久，我們就把暑假的日記都編好了。不但如此，有幾個壞人都還排不上去。結果我的暑假日記看起來除了媽媽生日，到兒童樂園去玩，幾個比較值得紀念的日子之外，整部看起來像是災難大全。我們討厭的人不是走在馬路上被小狗咬到，再不然就是踩到大便。我有些擔心，老師會不會懷疑為什麼我認識的人都這麼倒楣？

接下來就是輸入的工作。我負責把妹妹編好的大綱寫在日記上，並且不時加入一些我自己的評論。好比：

「跑過來咬她的小狗愈來愈多，連小狗都這麼討厭吳美麗，一定是因為她平時太愛打小報告的緣故。」

這時小討厭則開始寫她的算術習題，一邊寫一邊問：

「六乘以九是多少？」

「五十四。」我一邊記日記一邊用反射動作回答她的問題。

到了晚上我們都快精疲力竭了，可是暑假作業的惡夢還沒有結束。妹妹的作業已經差不多了，我還剩下毛筆字和圖畫。

小討厭去把水彩從抽屜裡找出來，發現全都乾了。

「怎麼辦呢？要不要去買一盒新的？」她問。

我拿出了墨汁、毛筆、毛筆習作簿、圖畫紙，又動了動腦筋。

「有了，用毛筆來畫水彩。」

「用毛筆畫水彩？」小討厭一臉不可置信的表情。

我用鉛筆在圖畫紙上畫出一些小圈圈。

「妳把圈圈以外的部分用墨汁塗滿。」我告訴她。
「這是什麼畫？」
「看星星啊！」我說。
「那為什麼沒有畫人呢？」
「因為是晚上太黑了，所以看不到人。」
時間愈來愈晚，我們必須趕快工作。
唐故左街僧錄，內供奉三教……
我想起有一個大書法家把一大缸水寫完了，實在是太厲害了，我寫了一個學期都還在寫這幾個字，要是寫了一缸水，我一定瘋掉。
「哥，」小討厭又有問題了，「你的毛筆太粗了，我不小心把星星塗黑了，怎麼辦？」
「沒有關係，少幾顆也可以。」
「可是……哥，已經只剩下一、兩顆了。」

我過去一看，我的天，根本是一片黑暗，剩下的那一、兩顆，一點用處都沒有。我拿起筆，乾脆全部塗黑算了。

「哇，一顆星星也沒有了。」妹妹伸伸舌頭。

「就叫沒有星星的晚上好了。」

夜愈來愈深，我們兩人都哈欠連連，一點力氣都沒有了。

我把毛筆字作業寫好了，還剩兩張圖畫，妹妹一張，我一張。

小討厭的眼睛精靈地轉了轉，她說：

「哥，我知道你這一張要畫停電的晚上，對不對？」

然後我們兩個人繼續塗呀塗，眼睛痛，手痠，又想睡覺，整個臉被墨汁弄得黑黑的。終於我覺得有些後悔了，我告訴妹妹：

「我們不應該貪玩的，整個暑假都在玩，沒有好好寫作業。」

「去年你也是這麼說。」她提醒我。

拾鞋記

到了六十分以下，不得了了，
考卷一張一張在空中翻飛，
每次總是那幾個人，
在講臺前面一陣亂撲，抓蝴蝶似的。

每次考完試，老師發考卷，總從最高分發起，我們在講臺下馬上一陣掌聲附和。這些不外是丁心文，一百分。張美美，九十八分。王麗芬，九十八分……起先，老師還微笑地把考卷發給每一個人。漸漸分數比八十分還低，老師開始不耐煩了。考卷愈發愈快，微翹的嘴角慢慢收斂成直線。什麼王惠賜，七十六分。林明琦，七十四分……分數愈低，老師愈生氣。漸漸變成用丟的，被喊到名字的人趕緊跑出去撿自己的考卷。到了六十分以下，不得了了，考卷一張一張在空中翻飛，每次總是那幾個人，在講臺前面一陣亂撲，抓蝴蝶似的。

等發到最後一張考卷，老師停下來了。他睜亮眼睛，裝腔作勢地說：「哎喲，考這麼低，我真希望我沒看錯——」

全班只剩下我一個人沒領到考卷，我只好硬著頭皮站了起來。低著頭，假裝一副很可憐的模樣。

老師一邊搖頭，嘴裡發出滋滋的聲音，像電視上益智節目主持人似的問我：

「猜猜你自己考幾分？」

通常我從五十分開始往下猜。每猜一個分數，老師便翹起眉毛，發出質問的聲音，聲音愈來愈大：

「有這麼高嗎，哼？——」

他習慣把「哼」的尾音拖得很長，憑聲音大小、強弱，以及尾音的長短，我調整分數，好像猜謎遊戲一樣。討價還價過程中，同學不時爆出笑聲。老師總是裝出很嚴肅、很生氣的面孔，但偶爾他也會忍不住笑出來。等分數接近於零，我也幾乎猜中了自己的成績，老師才把考卷丟下來。我如獲至寶把考卷撿回來，發現整張考卷到處是紅色的叉叉，慘不忍睹。

「像被轟炸機轟過一樣。你的考卷這麼漂亮，你有什麼感想？」老師問。

「下次老師只要把寫對的答案打勾就好，這樣考卷會比較乾淨。」我搔搔頭，想出了一個妙計。

沒想到話一說出來，全班又一陣哄堂大笑。老師的臉一陣青、一陣白，這次他真的生氣了。他指著考卷大罵：

「你這麼聰明，好，那我問你，是非第一題，共匪竊據大陸，奴役百姓，大陸同胞過著牛馬不如的生活。這個問題的答案明明是圈，你為什麼寫叉呢？」

「這個答案根本就是叉，」我脫口而出，發現老師愣了一下，「共匪怎麼可以做出這種事情呢？這樣做難道對嗎？明明不對，怎麼會是圈呢？」

老師氣得全身發抖，抓住我的肩膀問：

「好，那你說，這一題，好學生，早早起，背了書包上學去，這一題為什麼又錯了呢？」

我有一點害怕，不敢說話。老師更靠近我了，睜著大眼睛問：「你倒是說說看啊——」

「禮拜天不用上學去啊——」我只好實話實說。

老師點點頭，轉身過去，可是我知道他忍不下這口氣，一、二、三、四、五、六、七，果然沒錯，走了七步不到，他轉身脫下皮鞋，準備朝我衝過來。我看見老師滿臉脹紅，眼圈紫黑，只差沒從頭上冒出白煙來。見苗頭不對，我拔腿就跑。說時遲，那時快，穿過走廊，越過操場，回頭一看，不得了，老師穿著一隻皮鞋，手抓著另一隻，奮不顧身，一拐一拐地追打過來。

我敢打賭，靠操場教室所有的班級都停止了上課，教室窗戶擠著高高低低、大大小小的腦袋，砰砰碰碰，大呼小叫地為我們鼓掌加油。直到後來，老師再也跑不動，氣得一隻皮鞋朝我丟過來，從頭上飛過去。我們隔著遠遠的距離站定，老師一喘一喘地看我。

「你不要跑呀——」老師遠遠指著我，破口大罵。一轉身，不得了了。從行政大樓的方向，看見校長帶著一群穿西裝打領帶的督學走過來。

我們遲疑了一會，同時都注意到了操場邊的升旗臺——唯一的遮蔽物。眼看校長與督學們大搖大擺地走過來，我們別無選擇，顧不了恩怨爭執，倏地同時飛奔到升旗臺背面躲藏起來，只露出一對眼睛，賊溜溜地。

校長愈走愈近，我們屏住氣息，清楚地聽見他自誇地告訴督學：「我們學校最引以為傲的事就是我們的環境清潔，可以說是獨步全省……」

話還沒說完，大家都同時注意到在操場最明顯的位置，丟棄了一隻又臭又舊的爛皮鞋。校長皺了皺眉頭，又拿出手帕來擦汗，一緊張掉到地上去，仍下意識地拾起來擦臉，手帕上沾著泥土，校長的臉愈擦愈髒。

「怎麼會這樣呢？」督學們睜大眼睛盯著那隻鞋，校長一臉無辜，一手抓著鞋子，一手捏住鼻子，不甘不願地朝升旗臺旁的垃圾桶走過來。

隨著他一步一步走近，我們的心臟都快從嘴巴裡跳出來。老師像個考試不及格的學生，低著頭，脹紅了臉，隨著校長愈靠近，我們姿勢愈壓低，臉都快貼到地上去了。

校長在垃圾桶前猶豫了一會，總算下定了決心，噹噹一聲，把鞋子丟到垃圾桶裡。

這一聲噹噹讓我覺得好笑，沒想到老師也有這樣的一天。終於，在校長轉身的一剎那，響起了下課鐘聲。

噹——噹——噹——下課的學生都跑過來要看那隻鞋子。我不知道老師心裡想些什麼。本來他還傻傻地對著我笑，如釋重負。後來想起鞋子的事，翹起來的嘴角又變回直線。一個剛剛還是頑皮的孩子，立即變成了嚴肅的老師，板著臉，理都不理人，一拐一拐地走回辦公室。

從垃圾桶撿回那隻鞋子，我才體會出校長捏著鼻子的苦心。我不得不承認那隻鞋子的確很臭。可是，現在我非得把皮鞋送還老師不可。我甚至決定必要的時候撒撒嬌也無所謂。我真怕事情愈來愈麻煩。

走過走廊，同學間大呼小叫為我叫好。我還聽到掌聲，久久不絕。這世界總是這樣，我自覺做了一件窩囊十足的事，他們卻把我當作英雄。

郵票

我開始恍恍惚惚，
心裡想來想去都是那些花花綠綠的郵票，
甚至對於即將來的生日也覺得沒有什麼樂趣。

有一天，我在隔壁阿姨家幫忙打掃，掃完了之後，我們很得意地坐在沙發上欣賞打掃的成果。這時候，阿姨搬出許多集郵冊請我欣賞。

翻開集郵冊，滿滿都是繽紛的郵票，有花朵、貝殼、鳥類、國畫、人物，還有風景名勝、圖案……看得都快目不暇給。翻到第三冊，我忽然發現一套水果郵票，有香蕉、西瓜，還有荔枝，看得口水都快流出來了。坐在沙發上看郵票，久久不翻一頁，我的目光停在水果郵票上面，心裡喜歡得不得了。

我終於厚著臉皮問：

「阿姨，這套水果郵票可以送給我嗎？」

阿姨似乎面有難色，猶豫了一下說：

「這個恐怕不行，因為是很有價值，很有紀念性的東西……」

我張著嘴，眼巴巴地看著阿姨，希望換取一點同情。後來阿姨終於心軟了，跑到廚房去切了一盤水果端來請我，她說：

「這樣吧，這次先請你吃香蕉、西瓜，下次再請你吃鳳梨、荔枝，好不好？」

我吃完水果，訕訕地回到家裡，心裡想的都是一張一張有牙齒、花花綠綠的郵票。

後來我忽然想到爸爸書桌上有一疊信件，每封信上面都貼有郵票。靈機一動，便把所有的信都拿去泡在臉盆裡。郵票泡在水裡，很快就從信封上面脫落下來。一張一張撿出來，夾在書本裡面，不到一個下午，泡水的郵票全乾了。

爸爸下班之後，我得意地展示這些郵票。爸爸一張一張看，起先還滿開心地。漸漸他皺起眉頭問：

「你怎麼會有這些郵票？」

我不經意地回答：

「就是從信封上泡水拿下來的郵票嘛。」

「什麼信封？」現在爸爸顯得有些緊張了。

我帶爸爸到浴室去，當他看見泡在臉盆裡的一疊信件，叫了一聲：

「天哪──」

一臉青青綠綠的表情看著我，整個人幾乎要站不住了。真搞不懂大人在想些什麼，又不是鈔票，為什麼那麼激動？我正這麼想著，爸爸已經由絕望漸漸恢復過來，他的神色漸漸兇惡，然後變成了動物園的野獸，不得了──我沒有時間多說，再不溜走來不及了。

後來我花了一個禮拜的時間把那些泡水的信件一張一張攤開，讓太陽曬乾。我還花了兩個小時的時間把郵票逐一貼回信封上。此外，我還必須繳交一張文情並茂的悔過書。

我因為一時糊塗，把爸爸的信件全部拿去泡水，還不經同意，拿走了信封上的郵票。現在我知道我做錯了，我願意悔改，並且不再犯錯。特別寫下這張悔過書為證。

雖然我嘴巴願意悔改，心裡卻仍然想著那些美麗的郵票。一邊寫著悔過書，我忽然想起住在嘉義的二堂哥。我記得他也有許多成套、漂亮的郵票，從小他最疼我。我何不順手寫信給他？這是我第一次寫信，不知道該怎麼寫才對？可是為了郵票，我不惜犧牲一切。

親愛的二哥：

我現在愛上了集郵，可是我一張郵票都沒有。從小你最疼我，你可以送我一張郵票嗎？一張就好了，好嗎？求求你，只要給我一張漂亮的郵票就可以了。你千萬不要像爸爸那麼小氣，他一張郵票都不肯給我。（噓——千萬不要告訴爸爸，這是我們之間的秘密。）

堂弟敬上

我偷偷地拿了爸爸桌上的空信封，抄下住址，封上信封，把信投到郵筒裡去了。每天我一放學，就跑到信箱去看。我滿心期望，二哥會寄來一信封的郵票。

過了幾天，爸爸把我叫去，他說：

「有你的信。」

我非常興奮，看他打開信封裡抽出一張信紙，開始朗誦：「親愛的二哥，我現在愛上了集郵……」

讀到「小氣」的地方，爸爸還特別加重音，看了我一眼。我一時不知道該怎麼辦，脹紅了臉，我問：

「這是寫給二哥的，為什麼跑到你手上？」

爸爸推了推老花眼鏡，慢條斯理地說：

「你寫信去要一張郵票，自己卻忘了在信封上貼郵票，郵差只好把信退回來了。」

不知為什麼，我變得很難過，原來自己又做了一件傻事。我聽見爸爸告訴我：

「信倒是寫得不錯……」

可是我沒有心情再聽下去，搖搖頭走開了。我開始恍恍惚惚，心裡想來想去都是那些花花綠綠的郵票，甚至對於即將來的生日也覺得沒有什麼樂趣。

生日那天是假日。我睡得很晚。惺惺忪忪被爸爸叫醒，他說：「快醒來，有你的卡片。」

我張開眼睛，原來是二哥寄來的「生日快樂」卡片。翻開卡片，不得了，還有我最喜歡的生日禮物——郵票。花花綠綠，一共有三套，有登陸月球紀念，建國六十週年，還有貝殼郵票，我興奮地從床上跳下來，大笑大叫：

「我有自己的郵票囉——」

「別急，」爸爸制止我，「爸爸也有生日禮物送給你。」

我接過禮物，拆開包裝，愣住了。那是一張漂亮的首日封，首日卡，翻開卡片，裡面整整齊齊地貼著四張郵票，西瓜、鳳梨、香蕉、荔枝。我感動得眼淚都快掉出來，抱著爸爸，又吵又跳：

「謝謝爸爸，謝謝……」

爸爸很滿意地問：「還說爸爸小氣嗎？」

我在他的額上親吻，抱著他撒嬌：「爸爸最好了……」

一陣混亂之中，我聽到爸爸冷靜的聲音：「二哥那封信是我幫你寄的，貼了一塊錢郵票，要從你明天的零用錢扣掉……」

請說國語

校長臉色開始一陣青紅，一陣白。
慢慢他的嘴角開始顫抖，好像生病了似的。
連我都有些替他擔心。

為了推行說國語運動，這回我們校長可想出好點子，他用黃色壁報紙包裝厚紙板硬紙板上寫著：請說國語。然後用一條尼龍繩穿過硬紙板，掛在脖子上。像條項鍊，項鍊下繫著一塊不太名譽的狗牌。狗牌是用來懲罰那些不肯說國語，使用方言交談的人。狗牌共有六面，每個年級各發一面。規則是這樣子的：凡是說方言的人，都必須戴上那狗牌，以示懲罰。這位身戴狗牌的人，同時必須兼任糾察，在他發現另一個說方言的人時，就可以把這塊不名譽的狗牌交出去了。

「一個國家一定要有統一的語言，彼此才能溝通。假如大家都說不同的方言，彼此不能互相溝通，大家不能團結在一起，這個國家就會變成一盤散沙，很快就會滅亡了。因此我們要拯救我們的國家，復興我們的民族，一切都要從說國語做起。」老師激動的表示。

老師說的固然沒錯，可是我也發現不少問題。好比我的祖母就不會說國語。我在家裡和祖母、爸爸、媽媽交談都是用閩南語。現在一會兒要說國語，一會兒要說閩南語，照這樣下去，很快神經就錯亂了。

同學們似乎覺得很有趣，像玩捉迷藏一樣。戴上狗牌的人成了「鬼」。鬼是人見人怕。不但如此，每週的週會，鬼還會被校長捉上台去，當場「表揚一番」。所以只要快到了週會，所有的鬼變得十分著急，四處去尋找「替死鬼」。每個人看到鬼不是四處走避，再不然就是當場變成了啞巴。有些時候，鬼為了急於將狗牌脫手，甚至還會將狗牌藏起來，掩藏鬼的身分。等到捕獲到獵物之後，再手舞足蹈地將這塊燙手的狗牌丟出去。

更糟糕的是，國語和方言的界線模糊不清。有一次，莊聰明變成了鬼，他故意問我：

「假如你說的明明是國語，卻被別人誤為方言，一直把狗牌推給你，你心裡作何感想？」

「很幹。」我表示。

「什麼？」莊聰明好奇地問。

「很幹，就是不爽、生氣的意思。」

「哦，你說方言被我抓到了。」莊聰明得意地表示。

「這不是方言。」

「這明明是方言，你還說不是。」莊聰明可高興了。

我們爭執得愈來愈厲害，最後只好去找老師來評理。老師聽了以後，皺皺眉頭，很不高興地問：

「你為什麼說出這麼粗魯的字眼？」

「這個字怎麼會粗魯呢？」

「明明是很粗俗。」

「那苦幹實幹？」我問老師。

「那不算數。」

「那重要幹部呢？」我又問。

「這……這不一樣。」老師開始顯得有點煩躁不安了。

「那有何貴幹又怎麼說？」我再度追問。

「安靜。」這回老師真的冒火了，「叫你安靜你就安靜，一點尊師重道的精神都不懂？我說這個粗俗就是粗俗，難道我會騙你嗎？」

莊聰明滿意了，他把狗牌掛到我的脖子上，捧肚子在旁邊笑個半死。我生氣地對他做個鬼臉。這個忘恩負義的傢伙。

掛上這面狗牌，我感到非常難過。我莫名其妙地變成了一個鬼，人見人怕。我掛著狗牌在校園裡走來走去，和別人說話。可是每個人都用國語和我交談，沒有人說方言。我的難過並沒有持續很久，不久我就發現了當鬼的好處和樂趣：

當鬼最大的快樂在於你不用擔心被鬼抓去，每個人都怕鬼。

「做個人人都害怕的鬼是多麼愉快的一件事啊！」我告訴自己。

我在校園裡走來走去，想像自己是森林裡的萬獸之王，獅子。所有的小動物在見到我之後都聞風喪膽，不但如此，我還可以享受任意說方言的特權。

掛上狗牌就有權利說方言。你看，別人沒有，我有，我感到得意洋洋。

有件事讓我不能完全稱心如意。那就是同時有六個人和我享受一樣的權利。如果森林裡面同時有六隻獅子走來走去，那獅子算是什麼萬獸之王呢？反正我已經有一張推銷不出去的狗牌了，再多要幾張也沒什麼害處。我告訴自己。

我好不容易找到另外一個和我掛著相同狗牌的同學，一見到他我就很興奮地問他：

「你要不要聽我唱歌？」

「聽你唱歌？」他的眉毛皺了起來。

「對，聽我唱歌。」我把雙手背到背後，正經八百地唱起歌來。

孤夜無伴守燈月，清風對面吹。

十七八歲未出嫁，想到少年家。

果然標緻面肉白，誰家人子弟。
想要問伊怕害羞，心內彈琵琶。

「啊！」他尖叫了起來，「你說方言。」
「不是，我不是說方言，我是唱方言歌。」我更正他。
「那你必須掛這塊狗牌。」他如釋重負地告訴我。
「謝謝。」我感激地接過那塊狗牌，「要不要我再唱一首歌報答你？」
「不用了！」他用一種很奇怪的眼神看我，好像見到神經病似的。
我又唱了許多台語歌曲，包括：天黑黑，港都夜雨，青春嶺，桃花過渡，我身上掛滿了愈來愈多的狗牌，一排項鍊似的，簡直像個非洲酋長了！
很快的，週會到了！這個消息傳到校長的耳裡，校長簡直氣炸了。他把我叫到台上去。
「語言是一個國家統一的要素，一個國家如果有許多方言，那麼各民族不能溝通、團結合作，這個國家民族還有什麼希望呢？」很奇怪校長和老師的說法都差不多，校長很生氣地看著我，「大家看這位同學身上掛滿了請說國語的牌子，是多麼地丟臉啊！聽說你還會唱台語歌是不是？來啊！你唱啊！你現在就在這裡唱給全校的同學聽，你看看，如果每個人都像你這樣，那國家怎麼會強盛，我們的民族文化怎麼會復興呢？」

「孤夜無伴守燈月，清風對面吹……」我還傻傻地站在台前唱歌，全校同學已經笑得東倒西歪。

「到旁邊罰站。」校長氣得滿臉通紅，情緒激動，久久不能平息。直到聽到頒獎這兩個字，校長臉上才開始有一點笑容。

「頒中華民族復興論文獎。」司儀大聲地朗讀著。

「讓我們看看一些真正的好學生。」校長從導護老師手中接過名單，「第一名，三年甲班……」

校長臉色開始一陣青紅，一陣白。慢慢他的嘴角開始顫抖，好像生病了似的。連我都有些替他擔心。他沉默了很久，像要下定什麼決心一樣。好久，終於丟下一句話：

「訓導主任，上來頒獎。」他頭也不回地走了。

等到訓導主任唸出我的名字時，全校響起了歡聲雷動的掌聲。

看著校長氣沖沖的背影，我已經開始有些後悔了。

「也許我不應該得獎的……」我默默地告訴自己。

小間諜

是不是寫了悔過書之後就改過了呢？
事實上，歷史永遠是錯誤的循環，
我們永遠是勇於認錯，絕不改過。

我簡直恨透了倒垃圾的工作。可是自從有一次生病請假，剛好分配清潔工作，沒有人願意倒垃圾，大家表決的結果就把這個工作丟到我的頭上來了。從倒垃圾那一天開始，沒有一天我不抱怨。

「根本是老師偏心，為什麼全班只有我一個人倒垃圾？老師看我平時太頑皮了，故意要給我一點顏色看看。」

「清潔工作是每個小朋友的工作啊。」媽媽的安慰聽起來像是宣導廣告。

「對啊。」可惡的妹妹，小應聲蟲。

「我為什麼要倒垃圾？我討厭跪在那些臭女生的腳下，一副很可憐的樣子。」我得告訴她為什麼我不喜歡倒垃圾。

「跪在女生腳下也沒什麼不好，不信你去問爸爸。」問爸爸？難道爸爸小時候也倒垃圾？

「如果當年他沒跪在我的腳下，看看今天還有沒有你們。」

「爸爸跪不跪那我不管。反正我討厭女生，我絕不跪在她們腳下。」

「等你長大就不會這麼說了。」

「對。你長大就不會這麼說了。」又是妹妹。

「對妳個大頭鬼。」我對她做鬼臉。討厭的跟屁加應聲蟲，三八加十三點。媽媽這什麼邏輯？倒垃圾與求婚有什麼關係？可是跟媽媽講道理沒有用。將計就計，不如撒嬌，「哎喲，人家說正經的。」

「媽媽也是說正經的呀。如果大家都像你一樣，那垃圾到底誰來倒呢？」

「我才不管，反正我就不喜歡倒垃圾。老師如果那麼偏心一定要我倒垃圾，那我就決定轉學。」

「哪有人轉學是這種理由？說出來一定笑掉人家大牙。」

「全世界的牙齒都掉光了我也不要倒垃圾。」我開始賴皮了，「媽，我不管，妳幫我去跟老師說說看啦，反正我一定不要倒垃圾就是了。」

「你要我拿什麼理由去和老師關說？」

「就像妳買菜時和人家討價還價一樣，黑的說成白的，死的說成活的，妳最厲害了。」這是真的，我媽媽殺價，百戰百勝。有一次人家賣一件襯衫五百元，媽媽殺價到最後，變成兩件四百八十元，還要了一條手帕。

「好，好。那我就去跟老師威脅。」媽媽開心了。「說再不給你換工作，你不高興，要轉學了。」

看媽媽肯了。我高興得像隻猴子，跳來跳去。

「那我也要轉學，媽。」跟屁蟲若有所思地說。「我不要寫功課。」

結果隔天一大早，我們家的超級小間諜就跑去向老師報告。

「楊老師，我告訴你一個秘密，你不要告訴我哥哥是我說的，好不好？」

「我告訴你喔，他不要倒垃圾，還說是你故意要欺負他，他說再這樣下去他準備要轉學，還向我媽媽報告。等一會兒下課，我媽媽就會來找你算帳了。」

「有這種事情？」楊老師聳了聳眉毛。

然後超級小間諜就一五一十地把我的抱怨加油添醋地誇大了一遍。

不知情的我快快樂樂地倒完了垃圾，還一邊哼著歌。

「你今天看起來有點異常喔。」莊聰明跑來問我。

「今天是我最後一次倒垃圾了。」我顯得非常平靜。

莊聰明愈覺得奇怪了。最後一次？「你確信你現在很好嗎？有什麼問題要不要我報告老師，請老師幫我們解決？」

「不需要，我自己會解決。」

「你是不是心情不好？」他看起來緊張兮兮的。

「我從來沒有這麼快樂過。」

莊聰明用一種異樣的眼光抓著我的手，然後莫名其妙地說：

「你一定要振作一點，不要輕易被垃圾打敗了。」

反正他就是這麼瘋瘋癲癲的。你永遠不知道他在想什麼。我想著自己快要解脫了，根本懶得去理他。

第一節課，老師就叫我站起來了。

「聽說你不喜歡倒垃圾是不是？」老師冷冷地問。

奇怪？我都還沒有看到媽媽，怎麼已經跟老師說過了？不管了，反正我就要解脫了。

「對啊。」我得意洋洋地回答。有媽媽這麼一關說，一定沒有問題。

「聽說你還說要轉學？」老師的音調有轉高的趨勢。

「沒有啦，隨便說說而已。」媽媽怎麼連這個也跟老師說？

「隨便說說？聽說你還要找媽媽來跟老師算帳？有沒有？」老師的頭幾乎要冒煙了。

「沒，沒，沒有。」完蛋了。到底出了什麼差錯？

「哼？」又是那種高八度的聲音。老師每次非常生氣都是這樣。

「絕對沒有。」

結果我站在講台上，成了最好的錯誤示範。老師從環境整潔，到勤儉認真，到中國五千年悠久的文化歷史，到大陸淪陷，大陸同胞過著水深火熱的生活，都是因為我不肯倒垃圾的緣故。

「你不但錯了不肯承認，還叫父母親來替你掩飾，你看以後我們怎麼反攻大陸？」

「我沒有。」

「真的沒有？」

「真的沒有。」

就在我矢口否認的時候，很不幸地遠遠看到媽媽走了過來。她還高興地對著我招手。天啊，我恨不得地上有一個洞，把她藏進去。

倒垃圾事件使我成了大家的笑柄。回到家裡，我們一直在商討到底誰是這個間諜？我們從莊聰明懷疑到爸爸，最後落在妹妹的身上。

果然發現是這個超級小間諜沒錯。

「妳到底和哥哥有什麼仇恨，一定要這樣加害於他。」媽媽問。

她咬緊嘴唇。搖搖頭，一副十分無辜的樣子。

「到底是什麼原因？」

「主持正義。」妹妹總算公布答案。

我差點沒從椅子上跌下來。這是什麼正義？「我覺得我們不應該欺騙老師，也不可以有什麼秘密。」她接著又說。

「妳這樣胳臂往外彎，害得媽媽和哥哥都下不了台，這算什麼主持正義？」這回可把媽媽也惹火了。她從妹妹開始罵。最後連我也一起罵。指責我不應該好逸惡勞，妹妹更不該好管閒事。為了主持正義，卻犧牲了江湖道義。

媽媽規定我們都得寫悔過書，以示負責。

我不該胳臂往外彎……「哥，胳臂的胳要怎麼寫？是不是哥哥的哥？」她用一種尊敬的眼神看著我，實在教人對這個又可惡又無辜的跟屁蟲不知是好笑還是氣。

是不是寫了悔過書之後就改過了呢？事實上，歷史永遠是錯誤的循環，我們永遠是勇於認錯，絕不改過。

不久以後有一次畫圖比賽。我把圖畫拿回家完成最後的部分，恰好媽媽也在場，不免當場就指指點點，有一番指示。

我對我的作品感到相當滿意，覺得得獎在望。隔天我準備把圖畫交出去的時候，你猜發生了什麼事？

你一定猜對了。我看到妹妹以及楊老師。

「楊老師，我告訴你一個秘密，你不可以告訴別人是我說的。上次你告訴我媽媽，結果我好慘。我告訴你喔，我哥哥的圖畫，並不是他自己畫的……」

「大笨蛋……」我忍不住大罵了起來。

公車歷險記

可是眼看公車就要過站，
他終於下定決心，
閉上眼睛，用力一拉——

好了，現在公車停下來，沒有人要下車。司機轉過身來問：「到底是誰要下車？」

他的眼光掃視每個乘客，抓小偷似地。妹妹和我趕緊低下頭來。我們偷瞄那個拉錯鈴的老先生，他的頭更低，簡直都躲到座位底下去了。

「沒事拉什麼鈴呢？」司機先生生氣地關上自動門，繼續開車前進。

車子一開動，老先生的頭又探了出來，好像春天豆苗發芽一樣。我和妹妹興致勃勃地替他配頑皮豹扮演偵探的音樂。

嘟嘟——嘟嘟——嘟，嘟——嘟——

司機一邊開車，一邊忙著破口大罵。公車搖搖晃晃走在基隆路上，發出伊伊歪歪的聲音。他從交通罵到警察局長，警察局長罵到市長，市長又罵到交通部長……

公車開得很快，老先生的動作很遲緩。他終於站了起來，缺乏自信地看看窗外，又看看手上的紙條。慢慢把手搭到電鈴線上，猶豫一下，又縮了回來。可是眼看公車就要過站，他終於下定決心，閉上眼睛，用力一拉——

接著發生的事很複雜，我必須一件一件說。先是電鈴卡住了，一直叫個不停。然後司機一個緊急煞車，老先生重心不平衡，紙條從手上飛了出去，我連忙幫他去撿。

「福利總站，誰要下車？」司機回過頭來問。

說時遲那時快，一聽到福利總站，老先生碰地一聲坐下來，頭又縮進座位底下。

我正好抓住了紙條，拿起來一看，很不幸，那上面密密麻麻寫滿住址，然後用紅筆標明「吳興街口下車」。

司機並不管叫個不停的鈴聲。他怒氣沖沖地起身走過來，一把抓起縮頭縮腦的老先生說：

「就是你，我剛剛就是看見你拉鈴。你為什麼不承認，你以為這樣很好玩是不是？」

「我……我，不是，故，故意的。」

「已經警告你三次，還不是故意，你以為我們公車司機都是白痴是不是？」

司機抓住老先生往車門方向走，老先生一直叫嚷著：

「我要到吳興街口。」

司機不管三七二十一，把他推下車去。他在車外不停地拍打車門，司機也不理會他，自顧自修理叫個不停的電鈴。等他修理好之後，便插著手站在車門口，耀武揚威地問：「還有誰要下車？」

妹妹和我又把頭埋到座位底下去。一聽到聲音就渾身不自在，更別說看到那種眼神了。

繼續開車上路。現在事情似乎不像原來那麼好玩。大家凝肅著臉，車廂內窸窸窣窣的聲音都不見了。

快到喬治商職的地方，終於有個長得很滑稽，戴著墨西哥大盤帽的年輕人站了起來。他彎彎臂膀，踢踢腿，又摩擦雙掌，然後把手一步一步靠近電鈴線……

情勢看來很緊張，妹妹和我不約而同替他配荊軻易水寒的音樂：

淡淡地，和你說聲再會，看那江水悠悠……

現在年輕人的手已經搭上線，眼看公車就要過站，妹妹張大了嘴巴——「啊——」就在妹妹快叫出來的時候，我伸手掩住她的嘴巴。年輕人以迅雷不及掩耳之勢輕輕拉了一下鈴，那鈴聲短捷而優雅，快得我們差點都聽不見。

大家替他捏了一把冷汗。他也伸伸舌頭，如釋重負，露出請多多指教的笑容。公車停了下來，司機轉過頭用懷疑的眼光看著年輕人，可是什麼都沒有發生。年輕人安全而成功地走下公車。

公車又繼續上路，我們的心情更沉重了。漸漸妹妹和我連唱歌配樂的心情都沒有了。她兩個眼睛巴答巴答地望著我說：

「哥，輪到我們下車了，怎麼辦？」

她的手緊緊抓住我，又溼又冷，一直冒汗。我看看電鈴線，正好在她的頭上，便鎮定地說：

「沒關係，我們不會拉錯。」

她看電鈴線，又望著我，然後說：

「可是電鈴會卡住，一直叫。」

然後我們緊張得說不出話來。妹妹把她最心愛的簽字筆從書包裡拿出來送我，看看我，又看看電鈴線。我把簽字筆還給她，搖搖頭，望著她，又望著電鈴線。

站牌愈來愈靠近。我看見妹妹的眼睛、鼻子、嘴巴都擠在一起了，只好嘆口氣，慢慢站起來把手伸出去。這時候妹妹才算有點血色，安慰我：

「哥，不要怕——」

我發現自己搖搖晃晃，似乎比原先那位老先生好不了多少。最後我只好閉上眼睛，孤注一擲——

「不是我——」那電鈴果然卡住了，一直叫個不停，然而更吵的是妹妹的哭聲。

公車慢慢停了下來。

「別哭，別哭——」我抱著妹妹從座位上站起來，一抬頭就看見司機滿面的怒容。雖然我暗自唱著超人特攻隊的主題曲，可是心臟卻撲通撲通地跳。這時候幾乎全車的旅客都站了起來，張大眼睛，瞪著司機看。大家都不說話，可是眼睛在打架。

我帶著妹妹往車門移動，愈來愈靠近司機。司機看看乘客，又看看我們，臉上一陣紅一陣綠，不斷地發生變化。等我們走到車門時，他竟然一臉無辜地說：「我又沒有說是妳。」

我一看就知道一臉無辜的表情是裝出來的。靈機一動，立刻對他做一個世界上最醜陋的鬼臉，做完拉著妹妹衝下車，一直跑，一直跑，直到我們再也跑不動為止。

我們的班會

荒謬的是，
我們表決的結果竟是要買一個茶几，然後不買茶壺。
如果我們不買茶壺，
那麼買一個茶几到底幹什麼呢？

現在風紀股長、事務股長、康樂股長都報告完畢。輪到主席致詞。我正站在臺上，哇啦哇啦只好開始胡說。

「今天。很榮幸。擔任。本週班會。的主席。希望……」

我知道的主席、總統或是什麼長，都是這樣說話。事實上，我一點也不榮幸。因為上個禮拜班會我學電視新聞的議員一樣用力敲桌子，結果老師指派我擔任這個禮拜的主席。和罰莊聰明掃廁所的意思一樣的。你看，每週主席都是投票公認，只有我是被指派的，多丟臉。

主席還有一個任務，就是要維持會場秩序，還要鼓勵同學踴躍發言。如果沒有人發言，場面冷冷清清，那麼主席就得表演唱歌，或者一直不停地說笑話。

本來我還滿喜歡唱歌，或者說笑話。可是站在這裡，全班七、八十隻眼睛瞪著你看，好像才從水裡撈起來的小狗似的。這麼狼狽的小狗還要唱歌、搖尾巴，那就很悲慘了。

「拜託大家有什麼意見提出來討論。」臺下有人在削鉛筆，玩橡皮擦，還有人托著腮，眼睛像死魚似的。沉默好像大海的水一樣，快要把我淹死了。

「好吧，如果大家都沒有什麼意見，我唱一首歌好了……」我已經開始絕望了。

正當我準備唱蘇武牧羊時，臺下一片騷動。我看見丁心文舉起她細細的手，彷彿看到了汪洋中的一條船。

「我寧可提議，我們不要聽主席唱歌。」她吐舌頭做噁心的表情。這麼不好笑的話竟惹得全班哄堂大笑。「我提議買一個茶壺，夏天到了，這樣我們喝水就很方便。」

「關於買茶壺，有沒有人附議？」

我聽到疏疏落落的附議聲音。可是事務股長有意見。

「買茶壺簡單。可是誰去提水呢？是不是值日生每天要去提水？」

「值日生工作太繁重了，」我看到莊聰明露出邪惡又調皮的笑容。「請事務股長為我們服務好不好？國父說人生以服務為目的，對不對？」

「不行哪。我的工作也很繁重……」事務股長一臉驚慌，可是他的聲音被全班鼓譟的聲音淹沒了。

這是一個民主的時代。因此凡事我們都要訴諸民意。贊成請事務股長服務的舉手。哇，全班都舉手。簡直是十萬青年十萬軍。

「反對的人請舉手。」

雖然我看到兩隻手，可是只有一票，因為兩隻都是事務股長自己的手。

「不公平啦，我抗議——」事務股長氣得脫下皮鞋，用力在桌子上敲。

「請不要破壞會場秩序，要不然下個禮拜會被罰擔任主席。」我暗示他，也算是警告他。因為上個禮拜老師也這樣對我說。現在你總算知道我為什麼會變成主席了吧。

「我提議買一個茶几，免得把教室地面弄得溼溼的。」儘管事務股長仍敲著他的皮鞋，會場亂烘烘，可是我們仍處變不驚地繼續討論細節。

「我反對買茶几，我覺得太浪費了。我們只要把茶壺放到水溝旁邊去就可以了。」張美美表示。

「如果放到水溝旁邊，會不會有點那個。」我遲疑了一下，「這樣我們先表決一下好了。」

「等一下，主席，」又有人舉手了，「我覺得你應該先表決要不要買茶壺才對。」

「不對，不對，應該是先提案後表決。」

莊聰明可高興了，一副唯恐天下不亂的表情跳起來說：「我提議我們先表決一下，到底要先表決買茶壺，或者先表決買茶几。等順序表決出來了，我們再分別表決要不要買。」

天哪，意見似乎是愈來愈多了。我被搞得丈二金剛，摸不著腦袋。莊聰明的提案乍聽之下似乎很有道理。於是我就依照他的方式來表決。荒謬的是，我們表決的結果竟是要買一個茶几，然後不買茶壺。如果我們不買茶壺，那麼買一個茶几到底幹什麼呢？

於是我們表決的結果又導致更複雜的討論、更多的表決。等到差不多折騰掉了半條命，這件事總算有個眉目，似乎大家都很勉強同意，我們要買一個茶壺。然後把茶壺放在水溝旁邊。

「我提議我們買幾個公用茶杯。我家賣一種漂亮的巧巧杯，有三種顏色。杯子還可以伸縮，很漂亮……」

「我覺得鋼杯比較實用，又耐摔，比較容易清洗……」

「我覺得公用茶杯太髒了。不如買隨手丟的塑膠杯。」

一波未平一波又起。我正打算鬆一口氣，可是問題立刻接踵而至。我還聽到了小瓷杯、紙杯、玻璃杯，還有人說要買茶葉來泡，一切都超出我的控制，我很想拍桌子大叫，通通不要吵！可是我又害怕一拍桌子，下週還要連任主席。

「我有一個意見，」這時候丁心文站起來說話，「公用的杯子實在太髒了。可是每個人都要買一個杯子，不但太貴，而且意見一定不一致。我們何不自己帶自己的杯子來？這樣不但省事、方便，並且還省錢。」

包括歇斯底里敲著桌子的事務股長，這時都沉默下來。騷動的聲音安靜了些。似乎這個提議深獲人心。身為主席，我立刻使出撒手鐧——表決。在一片舉手的聲浪中，我看見事務股長埋著頭，不曉得在紙上嘩啦啦計算著什麼，果然表決通過後，他立刻舉手發言。眼中還閃爍著光芒。

「我想到一個方法可以使我不用每天提水，那就是我們不要買茶壺。」他無視於一片噓聲，手舞足蹈地繼續表示，「既然大家都帶茶杯，走到走廊盡頭就有飲水機，何必再買茶壺？何況買茶壺班費也不夠，我估計一下，每個人要再交三十元。」

噓聲在三十元這句話之後停了下來。然後下課鈴響了。沉默得可怕。我知道大家在想什麼。

幾乎是鈴停下來的同時，大家那股買茶壺的衝動都清醒過來，過去的五十分鐘像作了一場夢。我聽見不同的角落發出來相同的聲音。

「我們不要買茶壺。」

然後我們以最快的速度，理智地推翻了買茶壺的決定。操場早已經轟轟隆隆都是歡樂的聲音。可是會還沒有開完。我們要選舉下週主席。然後是主席結論。

「主席不用選了，」這時老師說話了，「下週由事務股長擔任。以後開會，不准在會議上吵鬧，或者是拍桌子，敲打桌面……」

我在上課鈴聲中結束我的結論。

「今天。很高興，討論十分熱烈。我們作了許多表決。我們，總算決定。什麼東西都不買……」

不騙人，我真的很高興。一切都如同往常。雖然我開會的經驗不多，可是我學到的定律是，除了選出下次的主席外，通常開會不會達成任何結論……

車掌恐懼症

這句話果然威力十足，
車掌小姐先是一陣紅一陣綠，
過了一會兒竟然哇啦哇啦地嚎啕大哭起來，
再也不可收拾。

我們那個小鎮，巴士繞一圈差不多要一個多小時。別以為那個小鎮很大，事實上，從這頭認真跑到那頭只要十分鐘左右。

為什麼會開一個多小時呢？原來我們的巴士是走走停停，根本沒有站牌可言，路上只要有人招手了，馬上就停下來。有熟識的人託司機把東西運到另一個地方，巴士也停下來，我們等了半天，那人一臉抱歉地跑來了，還牽了一頭小牛，硬是將牛推了上車，從來沒有人說這樣不可以。有時候，遇見了生病的老先生要上醫院，巴士也不一定要走原來的路線。

我的老祖母最喜歡這樣的巴士，她覺得坐久又便宜，實在太划算了。

我也喜歡坐巴士。兒童坐車是免費的，但是要有大人帶著才行。坐在巴士上，我可以趴在車窗上朝外看，偶爾遇見了認識的人，還可以大呼小叫一番，非常神氣。

有一次，我和祖母坐巴士，正準備上車，忽然被車掌小姐叫住了。

「這個小孩要買票。」車掌小姐表示。

「可是他以前都不用買票。」祖母覺得很奇怪。

「小孩子會長高啊。」

根據車站的規定，兒童超過一百一十公分一律要買半票。祖母莫名其妙地買了半票，我倒有幾分得意，原來我長高了。

「我長大了。」我很高興地告訴祖母。

「長大了是要能賺錢才對，」祖母一臉不悅，「你這種長大了要多花錢有什麼好高興的呢？」

「可是我長大了，本來就應該買票才對。」

「小孩子根本不知道大人賺錢辛苦，懂什麼呢？」

為了省下這筆錢，祖母想出了一個策略。原來坐公車的人很多，不可能一個一個去量身高，因此全憑車掌小姐目測。

每次老祖母帶我要坐公車，場面變得精采刺激。

先是老祖母上車，她胖胖的身體擋在前方，遮住了車掌的視線。然後輪到我衝鋒陷陣了。我裝成很矮的樣子，夾在人群裡，一個頭鑽呀鑽地，混水摸魚摸混過去。

並不是一切都很順利。隨著我愈來愈長高，我遭遇的麻煩也愈來愈多。我常常鑽在人堆裡，一個頭就被揪出來了。

「這個孩子太高了，要買半票才可以。」車掌毫不客氣地表示。

「不高啊，為什麼要買半票？」

車掌小姐當場把我押在車門的身高尺上比對。「妳看，都超出這麼多了，妳還不給他買半票。」眾目睽睽之下，我覺得好丟臉。

「這不公平，他發育得比較好，別的孩子一樣年紀為什麼不用買票？」老祖母轉過來，像抓小白兔一樣一把將我抓起來，「你告訴車掌小姐，你幾年級？」

「我幼稚園小班。」其實已經小學三年級了，可是在老祖母的惡勢力之下，不得不裝出清純可愛的模樣。這套對白在家裡早練過好幾遍。

「我不管他幾年級，反正規定就是規定。」

「規定也是人定的，明明不合理，難道妳不會變通一下嗎？」老祖母開始發威了。

「這不關我的事，妳快一點好不好，後面還有很多人在排隊呢。」車掌小姐開始顯得不耐煩了。

「妳快什麼快呢？就是快也要講道理啊！」說著她把我抱在懷裡，「妳說這孩子，都還可以抱在懷裡，妳硬要叫他補票？」

我可有點佩服祖母了，從買菜、買衣服，討價還價，我的老祖母從來沒有吵輸過。

「阿婆，妳再不買票，就請你們統統下車。」

「喂，喂，妳不要這麼兇好不好？妳不要以為阿婆我沒有當過小姐。」祖母把我放下來，雙手扠腰，挺直了喉嚨大喊，「像妳這麼兇，一輩子嫁不出去。」

車掌小姐氣得滿臉通紅。「妳下車，妳下車，」她做出推老祖母的動作，「我嫁不嫁關妳什麼事？」委屈得眼淚都快流出來了。

祖母胖胖的身軀站在那裡，動都不動。不但如此，祖母一急，忽然開口就大罵：

「妳——這——麼——醜，妳——還——敢——說……」

「我這麼……」車掌小姐本來還要還口，可是實在是措手不及，被這句話的邏輯愣呆了。

這句話果然威力十足，車掌小姐先是一陣紅一陣綠，過了一會兒竟然哇啦哇啦地嚎啕大哭起來，再也不可收拾。

「哼。」

我的老祖母牽著我的手，像隻孔雀那麼驕傲地上了車。

司機回過頭來看了一下，知道這種老阿婆的厲害，一句話不吭，笑了笑，車子繼續啟動上路。

這次的勝利並沒有為我帶來幸福快樂的生活，坐巴士變成了我的夢魘。車掌小姐也有她的招式。從此以後，每次坐巴士，車掌小姐只要遠遠看到我，她就會開始歇斯底里地尖叫：

「啊——那個小朋友，你的票……」

我必須承認她的策略有效，縱使我的老祖母一點也不畏懼她，可是我只要一聽到那個尖叫聲就會手腳發軟，好像小偷當場被抓到那麼丟臉。

我的車掌恐懼症幾乎是從那時候開始的。我怕死了一切和公車有關的事物，因此只要老祖母問我：

「要不要和我一起坐巴士到菜市場去？」

我總是乖巧地點點頭，然後開始跑，一邊跑一邊回過頭來大喊：

「我先到菜市場去等妳……」說什麼再也不肯停下來了。

單車記

我一直不明白為什麼小時候
我有那麼勇敢的精神。
因為我愈來愈長大，還當了醫生，
卻愈來愈怕死。

講到腳踏車，我一直不明白為什麼小時候我有那麼勇敢的精神。因為我愈來愈長大，還當了醫生，卻愈來愈怕死。

我的第一次腳踏車經驗可以說是半哄半騙得來的。因為莊聰明的數學作業抄參考書的答案，我威脅他如果不偷他哥哥的腳踏車借我，我就要去報告老師。報告老師在我們那個時代是很嚴重的事，一個小朋友隨便給人家報告一下，很可能老師大怒，功課要罰寫個五遍，一個晚上就完蛋，連卡通影片也不用看了。

那個下午莊聰明把腳踏車弄到學校操場來的時候，我們足足想了好久。因為腳踏車對我們來說實在是太大了。另外我們還有一個很大的問題是，兩個輪子的東西為什麼能夠滾起來，不倒下去？頭一個問題我們很容易解決了，我們可以把腳穿越坐墊前面橫桿下方，用一種很奇怪的姿勢一隻腳各踩住一個踏板。

可是第二個問題顯然沒有那麼簡單。

「好了，現在怎麼辦？」我問。

「騎啊。」莊聰明簡單明白地表示。

「我才不要騎，我又不是笨蛋，那會跌倒的。」

「不會，你騎快一點就不會跌倒了。」

「兩個輪子為什麼不會倒下去？」

「人只有兩隻腳，也不會跌倒啊。」莊聰明可聰明了。

「那你先騎看看，會不會摔下來？」

「好，可是你先抓住車子，讓我爬上去，然後用力推，有速度就不會跌倒了。」

我費了很大的力氣把他弄上腳踏車，用力一推——車子動起來了，莊聰明攀在上面，像個快淹死的人掙扎了兩下，腳踏車就歪七扭八地栽得四腳朝天。地上揚起了一陣沙。他灰頭土臉地爬起來，抓住石頭就丟過來，被我閃了過去。

「誰叫你推那麼慢？存心要害死我是不是？」莊聰明開始罵人了。自己笨還要罵人。「好，重新再來一次，這一次絕對快得讓你摔死。」

他拍拍身上的泥土，拉起了腳踏車，重新就位。

「預備——衝啊！」我幾乎擠盡了吃奶的力氣，把他往前甩出去。

這次腳踏車可夠快了。「啊——」莊聰明大叫了起來。

說時遲那時快，他從車上神奇地跳了下來，那腳踏車還一直跑，一直跑，在大太陽下神氣得不得了，然後在我們驚訝的眼光中，「碰！」撞上了牆壁，自己死翹翹了。

莊聰明拾起了一顆石頭衝動地回頭看我，愈走愈近，我也趕快拾起一顆。

「你不要激動，不要激動，這次又是什麼問題？」我們彼此靠近，在一定的距離，做出要丟石頭的樣子。

他似乎想說什麼，卻欲言又止，終於把石頭放下來。

「好，現在換你騎，我來推。」狡猾的眼神浮現在他的臉上。

老實說看到他身上的累累傷痕，我是又期待又怕受傷害。

「為什麼腳踏車的發明人不把它發明成三個輪子呢？」我也開始覺得不合理。

我們把腳踏車推回來，車頭已經有點鬆動了，莊聰明不太有把握地把把手晃來晃去。他說：

「我想一定是為了不讓小孩子騎的緣故。」

這次輪到我了，老天保佑。

「等一下把腳踏車往草地的方向推，拜託，拜託。」

「好啦，好啦，等一下一定會讓你很好看的，」莊聰明一邊說，我一邊深呼吸，「預備——衝啊。」

很快我果然跌倒了，而且還跌在草地的外面。莊聰明很嚴肅地跑過來，幫我拉起腳踏車。正當我覺得很感動時，他關心地問：

「腳踏車有沒有怎麼樣？」

我們的傷痕持續增加，不一會兒我們已經有氣無力地坐在草地上了。

「我覺得好像快要會了，可是我已經摔怕了。」莊聰明說。

「我聽人家說，學腳踏車就是這樣，一直摔，一直摔，忽然有一次就會了。」

「可是我們這樣摔，要忽然到什麼時候呢？」

「老師說失敗為成功之母。」我說。

「那怎麼辦呢？」

我靈機一動。「這樣，我們來猜拳。猜輸的人罰騎腳踏車一次。」

說到賭博，好像興致又高了一點。我們開始猜拳，推來推去，傷痕增加。一會兒猜拳不新鮮了，換成了跑操場一圈，跑輸的人罰騎腳踏車一次。這可好玩了，莊聰明摔車，我拍手叫好。我摔車，他歡天喜地地大叫。一會兒，又換成了爬樹比賽，然後是跳遠，又是比手力。到天快黑的時候，我們不但身上到處痠痛，大泡小泡，而且衣服破爛，全身髒兮兮地。

「碰——」莊聰明又扎扎實實地摔了一下。我正準備拍手大笑時，他卻委屈地哭了起來。

「嗚……都是你，我現在弄成這個樣子怎麼回家？我一定會挨打。」

「失敗為成功之母啊，莊聰明。」

「都是你害的，我本來好好的，來這裡摔了一天，回家又要挨打。我為什麼會這麼倒楣？」他拍了拍身上的灰塵，「我現在去洗手，不管你說什麼，我今天都不要再騎了。」

望著他的背影走向水池，我有一點難過。只剩下我一個人了，可是我還不死心，我把腳踏車倚在欄杆上，自己一手撐著欄杆，一邊爬了上去。

「最後一次了。」我告訴自己。

就在我用力一踩，把腳踏車推出去時，車子竟然動起來了，沒有跌下去。

「我忽然會了。」我高叫起來。「我會了！」

遠遠莊聰明看到，也停止了哭泣。「真的會了。」他歡欣鼓舞地跑過來，追著腳踏車跑。「真的會了。」

我一直繞著操場騎。要不是在車上，我一定高興得跳起來。

我一邊想，莊聰明已經跳上我的後座了。「我們會了。」他大叫，他早忘了他剛才說過的話了。

夕陽愈來愈斜。不久我在暮色中看到我的妹妹走過來。

「媽媽叫你回去吃飯。」

「妳看，我們會騎腳踏車了，妳要不要上來坐？」莊聰明慫恿她，「很簡單，妳只要跑過來，用力一跳，我會拉著妳。」

小討厭受不了誘惑，一會兒就跑過來，蹦的一下跳上來後座，讓莊聰明接個正著。現在一部腳踏車上一共有三個人。興高采烈地亂叫亂嚷。

天愈來愈黑。我們的興奮沒有持續很久，不久問題來了。

「哥，我們怎麼下來？」

「老實說，我還沒有學會。」

「那你們以前怎麼下來的？」

「我們用摔的。」

「可是我不要摔。」

「那我們再等一下，看看有沒有人來幫我們。」

現在天色已經全面暗了下來，沒有人走過來，我們還在操場繞圈子。

小討厭終於忍受不了，她用尖銳無比的嗓音，全部的力氣大喊：

「救命——！」

問題妹妹

如果你的衣服被牛皮糖黏住了，
了不起還可以丟掉。
可是一旦被妹妹黏住，
那你絕對灰頭土臉。

我的妹妹小不點一個，可是她卻有全世界所有窮極無聊的問題。別看她乖乖地坐在那裡，眼睛骨碌骨碌地轉，一旦被她纏上，保證沒完沒了。

「你說我們吃飽為什麼要洗碗？」通常她的問題都不太像問題，可是千萬別上當，掉進陷阱裡去。

「當然要洗碗，這樣碗筷才會乾淨啊。」

「可是我們吃第一碗飯，再盛第二碗時並不需要洗碗。」

「那當然不用洗。」

「如果我們午餐只吃兩碗，那麼晚餐盛第三碗時，為什麼要洗呢？」

「這，這……是因為，嗯。」好了，現在問題愈來愈不可收拾，「嗯，因為第二碗和第三碗之間隔太久了，時間那麼久，就會長細菌出來，吃了細菌以後會肚子痛，這樣，哎喲，哎喲……」

一聽到細菌，她的眼睛立刻閃爍出一種捕獲獵物的光輝，「為什麼時間那麼久，就會長出細菌呢？」

「因為，細菌會繁……繁殖。」天哪，一不小心又說了一個專有名詞出來。

如果你的衣服被牛皮糖黏住了，了不起還可以丟掉。可是一旦被妹妹黏住，那你絕對灰頭土臉。她的問題包羅萬象，不但有益智常識、天文地理、人生哲理，更麻煩的是，她還會把家庭作業拿來與你一題一題討論。萬一你不能予取予求，保證她那高八度的哭聲與眼淚立刻尾隨而至……

「什麼叫繁殖呀？」果然沒錯，黏上來了。

「繁殖就是生孩子，像媽媽生妳，就是繁殖。」

「那我會不會繁殖？」媽呀，這是什麼問題。我猶豫了一下，事情絕不能這樣再進行下去……

「哥，你說我會不會繁殖？」

「會。」我悶一肚子氣，真想大罵一聲囉唆鬼——

「那我要怎麼繁殖？」

可是我一想起她的眼淚和哭聲，一股氣又吞下去，「等妳長大以後。」
「你是說我長大以後會自動繁殖，和細菌一樣？」
這時我再也忍耐不住，正要破口大罵，忽然心生一計，立刻摀住胸口，準備裝死。除了死掉，我別無選擇。
「哥，你怎麼了？」顯然我的妙計生效了。
「不要打擾我，我快要死掉了……」
「哥，你先告訴我，我長大以後會不會自動繁殖。」
「啊——再見，」我裝出吊眼翻舌狀，趴倒在床上，「我死掉了。」
妹妹在我身上搖晃半天，有點愣住了。這邊摸摸，那邊弄弄，似乎很能體諒我的死掉。竟然沒有哭，也沒有吵鬧，很莊嚴地離開房間。這是我第一次體會到死掉是那麼美妙的事，正在慶幸的時候，她忽然又走回來了，開口就問：
「哥，你到底要死多久？」

天哪，我睜開一隻眼睛，調皮地看著她，「拜託，讓我死一個小時，可不可以？」

「可是我不會看時鐘。」

「沒關係，到時候我會告訴妳。」

「那我要不要哭？」

「不用，不用，妳只要安安靜靜就可以了。」說完我又自顧自裝死，希望她趕快走開。

她似乎很尊重我的死掉，自顧自離開房間到客廳去彈鋼琴，彈了一首悲傷的練習曲。

「哥，你還要死多久？」她又咚咚咚跑過來問。

「四十分鐘。」

彈了一首〈天天天藍〉以後又跑來問：「還要死多久？」

「三十分鐘。」

當她跑來問第五次時，不過過了十五分鐘，可是我已經受不了，只好活過來。「拜託，我怕妳，好不好？隨便妳想做什麼都可以，只要妳不再問問題。」

「那我要吃冰淇淋。」她顯然對自己贏得的勝利十分驕傲。

「好，」我們打勾勾，「不能再問問題。」

我們坐公車到西門町去買冰淇淋，一路上妹妹都表現良好，不再發問任何問題。我感到非常得意，特別還買了一個特大號的巧克力加香草大甜筒送給她。

她一口一口舔著冰淇淋，露出滿足的神情。我敢打賭，除了看牙醫之外，我們家的小麻煩從來沒有這麼安靜的時刻。

我們搭上自強公車進備回家時，小麻煩的問題又來了：「為什麼自強公車比較貴呢？」

「因為自強公車是冷氣車啊。」

「可是現在並沒有開冷氣，為什麼叫冷氣車呢？」

「欸，欸，說好，不能再問問題。」

「喔。」她有點失望，低著頭一口一口舔她的冰淇淋。等妹妹把冰淇淋吃光，她又開始興致勃勃地東張西望了。從她那骨碌骨碌的眼神，我知道她一定又有一肚子無聊問題要問了。看她一副巴答巴答的可憐模樣，我反倒有點同情她。

「好了這次是什麼問題？」其實問問題也不是什麼壞事，我告訴自己。

「我想去找祖母。」

「祖母？」我大吃一驚。

「她已經死了那麼久，我想我們應該去把她叫起來了。」妹妹一臉正經地問，「好不好？哥。」

天哪——我相信我又給自己找了一個超級大問題和超級大麻煩。

奪橋記

我回過頭，看見他站在橋頭，哼哼哼地奸笑。
我非常不甘心，
可是眼看火勢已經快要追上來……

那個時代，想擁有兒童故事書，或者是漫畫書，實在不是那麼容易的事，於是聰明的老爸們只好自己想辦法創造發明一些奇奇怪怪的童話故事，不像現在，大家都聽白雪公主、睡美人，看一樣的米老鼠、唐老鴨。因此每個小朋友的故事都不一樣，至於精不精采，荒不荒謬，那全看你的運氣了……

每天我的爸爸騎著他的歐多拜（autobycle，摩托車）出門，我就開始期待他回家了。倒不是戀父情結嚴重，而是等著他回來連載他的歐多鳥續集。好不容易等了一天，等到老爸的下班時間，我遠遠聽到歐多拜的聲音，興奮地跑到巷口去大嚷：

「有沒有出現，今天有沒有出現？」

老爸把歐多拜停下來，讓我坐在後座，一句話不說，只是嘿嘿地笑著，我就知道歐多鳥今天又被老爸修理了。

回到家裡，我趕緊奉茶，脫襪，一副乖巧伶俐的模樣。等到老爸一切都滿意了，才開始開講。

「我今天歐多拜一騎到橋頭，歐多鳥就出現了。」故事一定是這樣開始的，「他攔著不讓我過去，大聲地叫陣，把孩子還給我，要不然別想過這座橋。」

「你怎麼回答他？」我的眼睛可開始睜亮了。

「他擋著路我當然很生氣，所以故意要氣一氣他。我就說，我才不會把小孩還給你，我這麼辛苦把他養這麼大，為什麼要還給你？」

我邊聽邊激動地點頭，「對，對，絕對不能還給他。」

當然不能還給他，因為小孩就是我。據說老爸從前經過大橋時聽見小孩的哭聲，當場把小孩抱回家。這小孩愈長愈大，活潑又可愛，聰明又健康，竟殺出一隻歐多鳥，號稱小孩是他的。

「你要不要跟著歐多鳥回家？」老爸問我。

「不要。」

「可是歐多鳥說你是他的孩子。」

「我才不要當歐多鳥的孩子，他一定在騙人，我只要當爸媽的孩子。」

事實上除了老爸以外，從來也沒有人見過歐多鳥長什麼樣子。總之，在我印象中，那是一隻介於人與卡通、鳥與獸之間還會說人話的怪物。你想，當他的孩子，那是多麼可怕的一件事啊。

「快點，然後呢？」

「歐多鳥擋著我，可是明明上班已經來不及了，我必須想辦法擺脫他。」

「衝過去！」我叫起來了。

「不行，上次他上了當，這次可學聰明了。他全身鋼盔、護甲，還拿了一根長長的竹竿。」

「把他騙開！」我靈機一動。

「答對了，」老爸點點頭，「我就說，歐多鳥，你有什麼問題可以商量，把竹竿放下來，我載你去找小孩。」

「你真的載他？好噁心。」

「他真的放下竹竿，坐上我的摩托車。我一面騎，一面想辦法，怎麼樣才能擺脫這隻歐多鳥。」

「你可以請警察抓他。」

「不行，那太麻煩，況且萬一你真是歐多鳥的孩子，那怎麼辦才好？」

「你可以騎很快，然後緊急煞車，把他彈出去。」

「啊，太聰明了，爸爸就是這樣幹的。然後我一個一百八十度大轉彎，往大橋直駛，把歐多鳥拋在後面遠遠的。」

「衝啊，衝啊。」我幫著加油。

「結果我就毫無阻擋，一帆風順，眼看大橋就在眼前，我全速衝刺，騎上了橋面，」這時老爸停下來，賣個關子，「你猜怎麼了？」

我搖搖頭。「再去倒杯水來就知道。」

趕緊去倒水。老爸喝了一口，「嗯，我告訴你，我的摩托車一直衝一直衝，根本來不及回頭，等我一回過頭來，天啊，發生了什麼事，你知道嗎？火，大火，從橋頭，在我背後的方向，一路追趕過來。」

「我知道了，是歐多鳥幹的，對不對？」

「就是他，我回過頭，看見他站在橋頭，哼哼哼地奸笑。我非常不甘心，可是眼看火勢已經快要追上來，只好硬著頭皮，把油門踩到底，速度指針一直往上衝，往上衝，到最後都會發抖。」

「結果呢？」

「眼看就要過橋了，可是火勢竟從前方燒了過來，立刻我就變成了腹背受敵。」

「完蛋了，一定完蛋了。」情勢愈來愈緊張。

「我才不會完蛋呢！」老爸總是露出詹姆士龐德似的笑容，「就在千鈞一髮之際，我忽然心生一計，既然剛才可以將歐多鳥甩掉，我總可以把自己甩出去吧！於是緊急煞車。」

「哇，太厲害了。」我已經樂得開始拍手。

「我整個人飛了起來，飛得好高。脫下我的外衣，張起來剛好當降落傘，慢慢降落到橋下。我看見大火將橋燒成兩截，漸漸垮了下來。」

你看，我從來不用擔心老爸會發生任何意外。當時我總覺得即使他被炸彈炸到了也不過是臉黑黑的罷了。

「摩托車，對了，摩托車，怎麼辦？」

「我在河床邊找到了一張魚網，把它撐開架起來，等到摩托車掉下來，剛好穩穩地接住。當一群警察匆匆忙忙地趕到時，我早騎了摩托車，上班打卡去了。」

「哇，太厲害了。」這簡直像是007或者是終極警探。

「那明天一定更精采了，」我開始想像。「因為明天你一定必須從河床經過才能上班，而歐多鳥絕對不甘心，不曉得又要使出怎樣的手段來？」

「那爸爸我自有妙計。」他又露出了頑皮的微笑。

通常這個時候是媽媽叫我們吃飯的時候了。然後這個偉大的百戰英雄以及他的孩子就在一個女人的威嚇之下，不把桌上的菜吃完，根本不敢抬起頭來。

至於明天是怎樣的大戰，是沒有人知道的。也許老闆替老爸加薪了，也許老媽又囉唆他了，誰也不知道。而天才老爸與歐多鳥的大戰，以及更多的明天，我永遠期待。

國家圖書館出版品預行編目資料

淘氣故事集 / 侯文詠著. --三版.--臺北市：皇冠文化. 2023.12
面；公分（皇冠叢書；第5130種）（侯文詠作品集；1）

ISBN 978-957-33-4093-5(平裝)

863.596 112018845

皇冠叢書第5130種
侯文詠作品 1

淘氣故事集

【歡樂加倍合訂版】

作　　者—侯文詠
發 行 人—平　雲
出版發行—皇冠文化出版有限公司
台北市敦化北路120巷50號
電話◎02-27168888
郵撥帳號◎15261516號
皇冠出版社(香港)有限公司
香港銅鑼灣道180號百樂商業中心
19字樓1903室
電話◎2529-1778　傳真◎2527-0904
總 編 輯—許婷婷
責任編輯—黃雅群
行銷企劃—薛晴方
內頁設計—李偉涵
內頁插畫—Bianco Tsai
著作完成日期—1992年01月
三版一刷日期—2023年12月

法律顧問—王惠光律師

讀者服務傳真專線◎02-27150507
電腦編號◎010201
ISBN◎978-957-33-4093-5
Printed in Taiwan
本書定價◎新台幣380元/港幣127元